我叫林小美，今年十二歲。

在家裡是一個懂事聽話的小孩。
在學校是一個品學兼優的好學生。
我從來不替別人添麻煩，我遵守所有的規定。

可是有些人就是不這麼想，因為他們的眼中只看得見自己，
他們打亂了這個社會的秩序，擾亂所有人的安寧。
這些人化身成了妖怪，橫行在這個世界上。

還好妖怪醫療中心出現了，他們把妖怪一一的給帶走。

原本我以為我們的生活，可以因此越來越美好。
可是，今天早上一覺起來，
我也變成了妖怪……

妖怪模範生
HUMAN BEING

訂正

Chapter 01

為什麼你是妖怪？

因為你跟我們不一樣。

至少你跟我，是不一樣的。

當心輻射

來，憨氣。
身體保持靜止……
好……很好。

美：護士阿姨，請問我生了甚麼病？

護：我們會把妳的檢查報告送到醫生那裡，醫生才能幫妳判診。
我現在帶妳去宿舍，從今天開始要好好配合醫院的治療喔。
來，現在跟著我走。

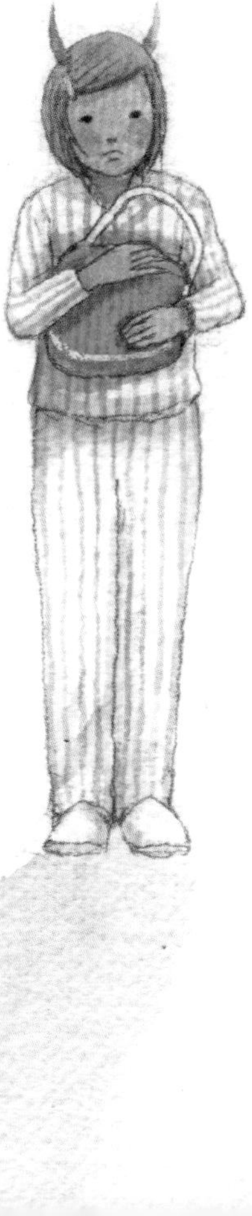

娘砲！娘砲！
x的！
又來了一個娘砲！
我是這裡的老大，
報上名來！

不好意思，沙豬伯，
要請你把衣服穿上喔。

身為一個男人，
擁有強健的體魄穿啥衣服？
男人做甚麼事，
女人家不要囉囉嗦嗦！

咦？好漂亮的女孩啊！

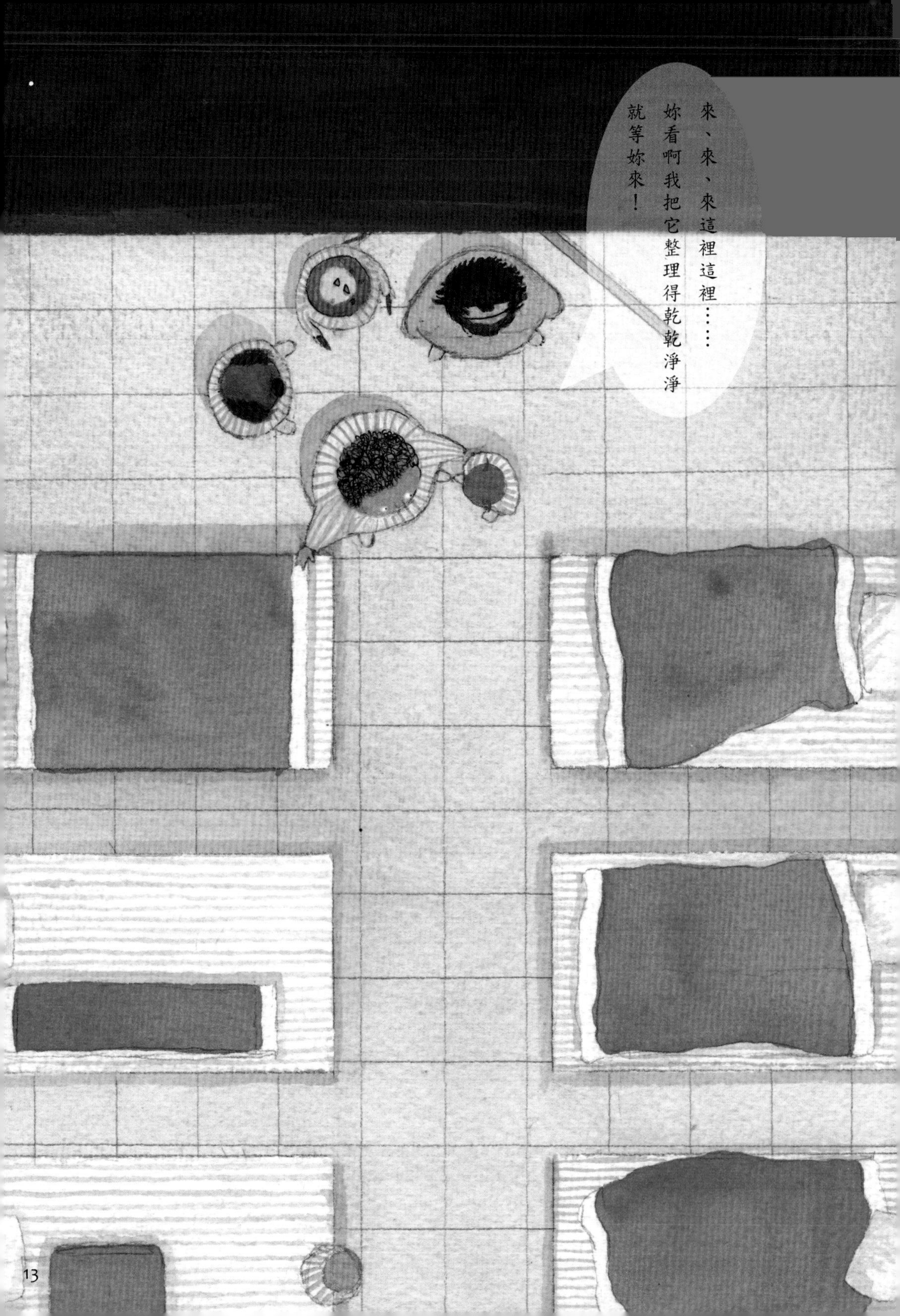
來、來、來這裡這裡……
妳看啊我把它整理得乾乾淨淨
就等妳來！

妳叫什麼名字啊？妳可以叫我大嬸婆我跟妳說啊厝邊頭尾都這麼叫我妳只要到哪裡說要找大嬸婆沒有人不知道我住哪裡咦妳從哪裡來大嬸婆啊是從南部上來的坐一趟到這裡腰都快斷囉真是折騰人啊我跟妳說啊我啊辛苦了一輩子囉五歲的時候就要跟媽媽去田裡撿番薯那時後能吃一口米飯很難得只有家族裡面的長輩可以吃
對了妳要不要跟大家認識那個叫沙豬伯那個叫做史尼奇那個叫做髒無忌旁邊那個叫做咕米妳叫甚麼名字啊幾歲啊唸國中了嗎可以唸書真的很好喔我啊就沒這個福氣以前上課一邊背書包一邊還要背著我弟弟現在的小孩很幸福喔不可打不可以罵書包背太重也不行小孩子要教喔
對了妳怎麼會來這裡是不是沒有聽老師的話啊要聽大人的話不然以後會後悔的俗話說家有一老如有一寶唉我啊這把年紀小孩啊都當我是廢物了每天啊都嫌我嘮叨以前我孫子啊還會跟我這個奶奶說上一兩句日文現在她們都去學韓語都不理我啦……

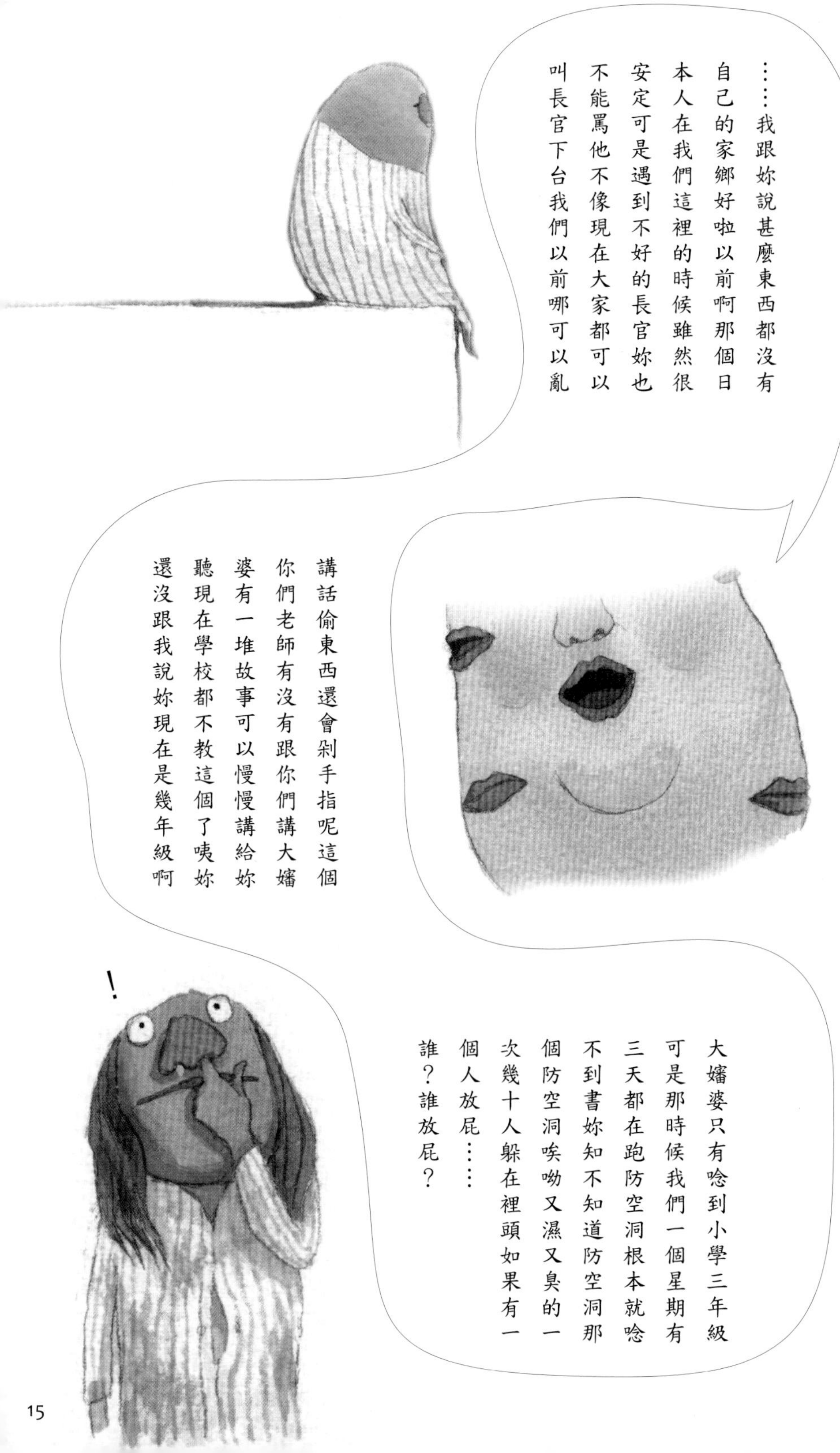
……我跟妳說甚麼東西都沒有自己的家鄉好啦以前啊那個日本人在我們這裡的時候雖然很安定可是遇到不好的長官妳也不能罵他不像現在大家都可以叫長官下台我們以前哪可以亂講話偷東西還會剁手指呢這個你們老師有沒有跟你們講大嬸婆有一堆故事可以慢慢講給妳聽現在學校都不教這個了咦妳還沒跟我說妳現在是幾年級啊
大嬸婆只有唸到小學三年級可是那時候我們一個星期有三天都在跑防空洞根本就唸不到書妳知不知道防空洞那個防空洞唉喲又濕又臭的一次幾十人躲在裡頭如果有一個人放屁……
誰？誰放屁？
!

又是你！說了幾次！要放到外面去放！
身為一個男人……做事就是要豪爽，就算放屁，也要阿沙力的放出來……
X！你真他X臭死了！
忍不住嘛！

％＊＠＆＃※§※＊＠＆＃
＊＠＆＊＠＆＃※§

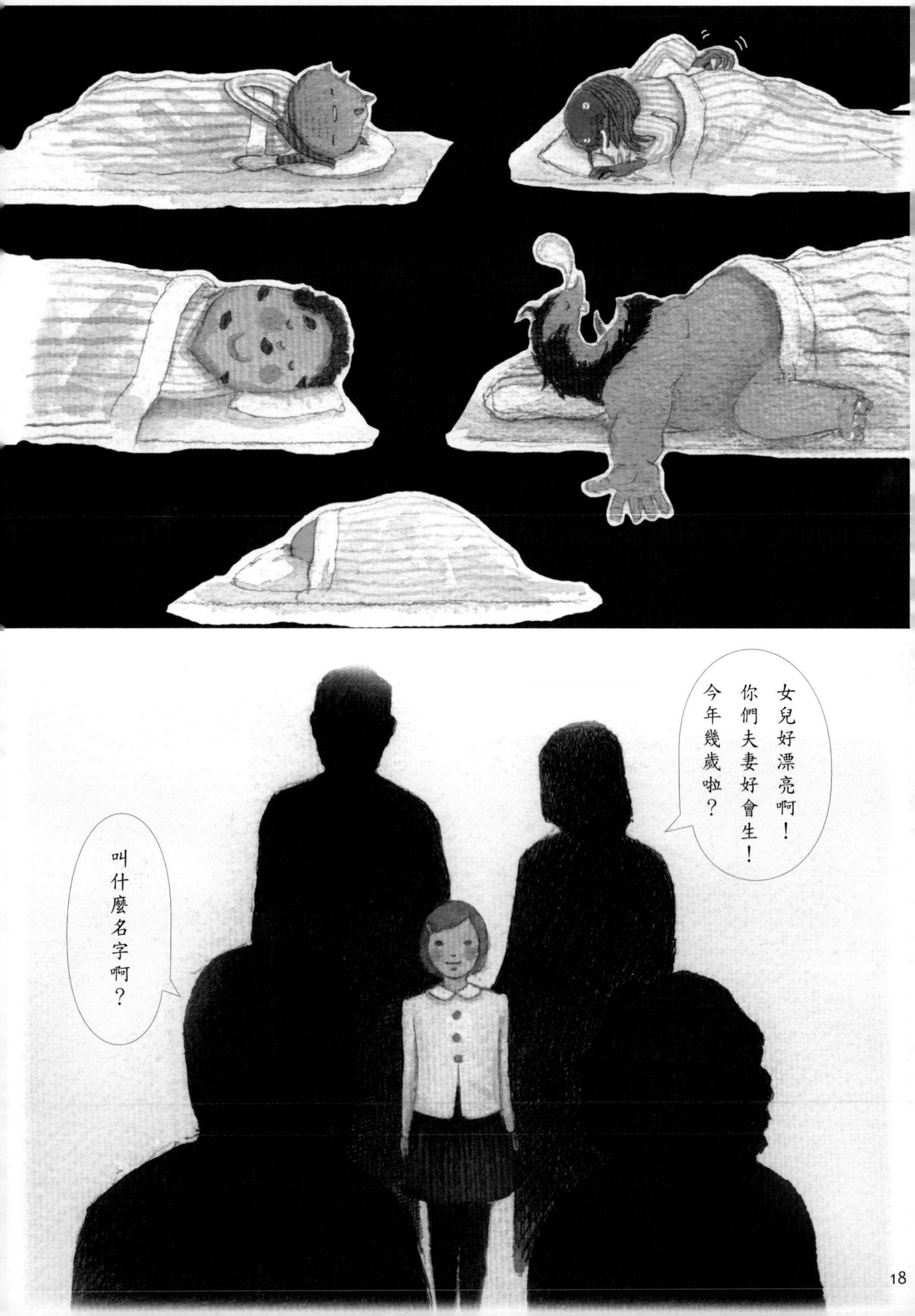
女兒好漂亮啊！
你們夫妻好會生！
今年幾歲啦？
叫什麼名字啊？

醫院的內部曲曲折折，
任何人進來只要兩分鐘就迷路了，
根本沒有人逃得出去。

當然我也不想逃。

可是大廳那些即將出院的人，
到底在這裡待了多久的時間？
而我又甚麼時候才可以復原？

更重要的是……

為甚麼我會在這裡？
我根本就不應該是妖怪，
因為我跟他們不一樣。

獎狀
恭喜六年甲班林小美同學榮獲本學年度
『最優秀模範生』獎。
特頒此狀，以資鼓勵。
校長 李大同 贈
中華民國 九十九 年 九 月 九 日

訂正

Chapter 02

妖怪之所以為妖怪，
是因為他們總活在自己的規則裡。

12
1
2
3
4
5
6
8
9
10
11

奇怪，我的髮夾呢？

身為一個男人做事拖拖拉拉，像個女人一樣。呿！
小美，要趕快喔！我們要到天台集合了。

H102
H922
H822

H1020
H
H920
H820

早安，各位親愛的朋友。
很高興我們每天都能聚在這裡，共同迎接嶄新的一天。
我們知道做為一個人，首要的就是規律與自制。
各位會來到這裡，都有不同的原因。
但我們相信要改變現狀唯一的方法，
就是剔除舊有的一切。
我的朋友們，
醫院為各位安排了完整的療程。
都是要讓各位的身心能夠恢復正常的運轉，
進而重新回到人類的社會裡。
HUMAN BEING

我們衷心懇求各位能夠充分的配合，
因為這個社會並沒有拋棄你們。
如果不是眾多熱心人士的捐助，
我們不會有這樣的一個資源來幫助各位。
因此，也請各位能夠盡自己最大的努力來回應大家的善意。

最後護士長在這裡代表醫生以及所有工作人員，向各位問好。
也衷心希望我們可以攜手同心，
一起加油。好嗎？

來！各位！
跟著我們一起做！

1、2、3、4
2、2、3、4
……

好！很好喔！

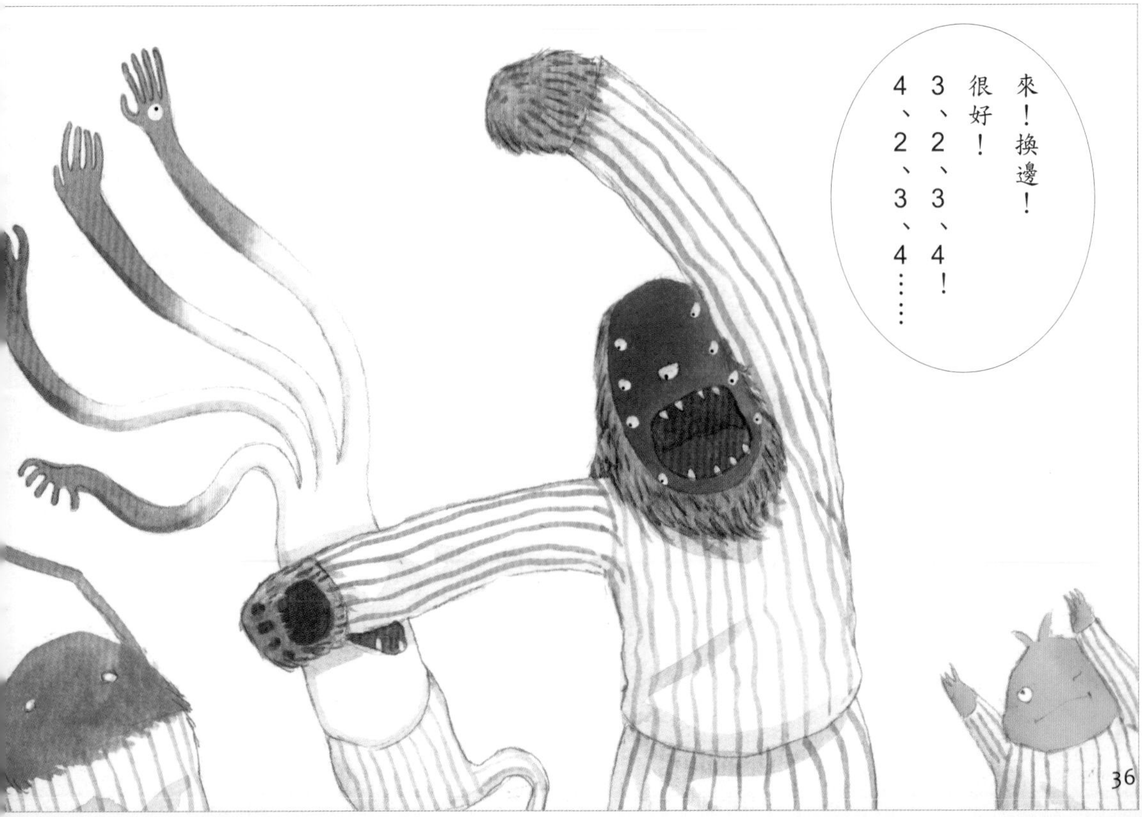
來！換邊！
很好！
3、2、3、4！
4、2、3、4……

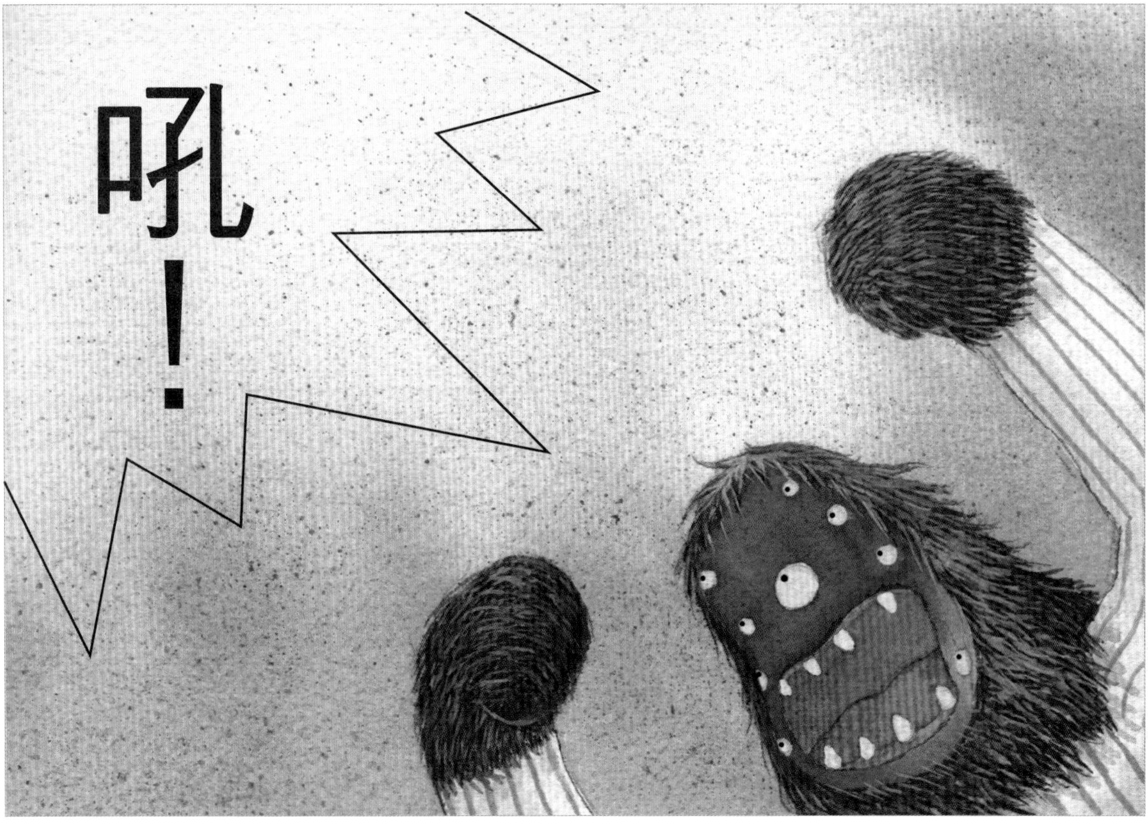
吼！

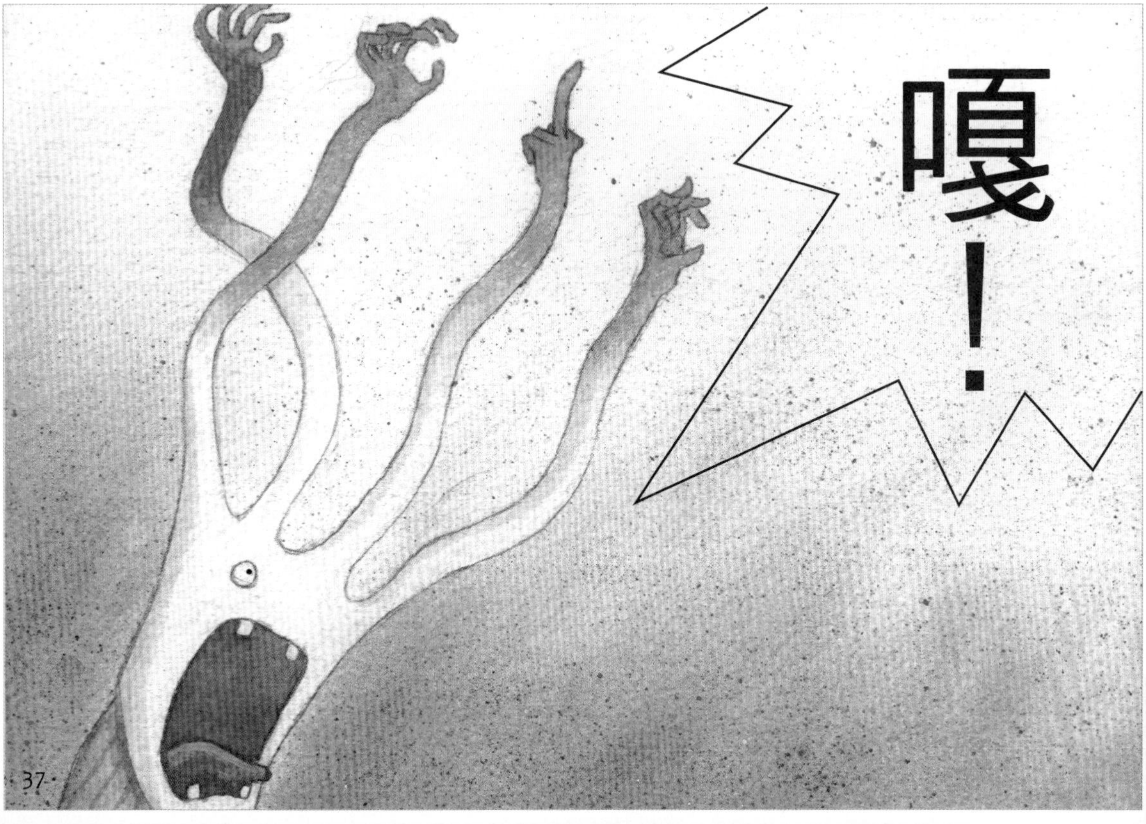
嘎！

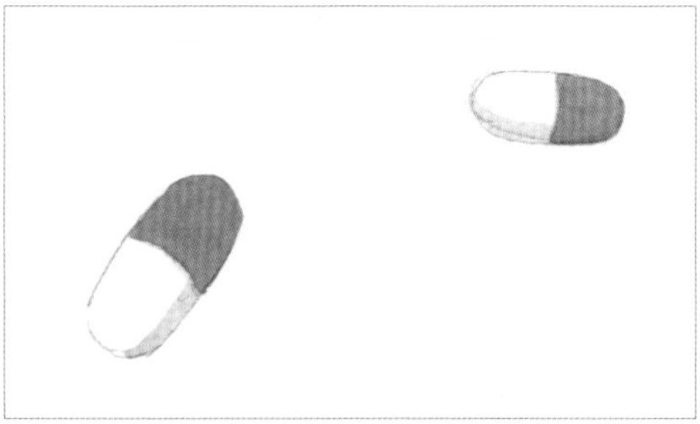

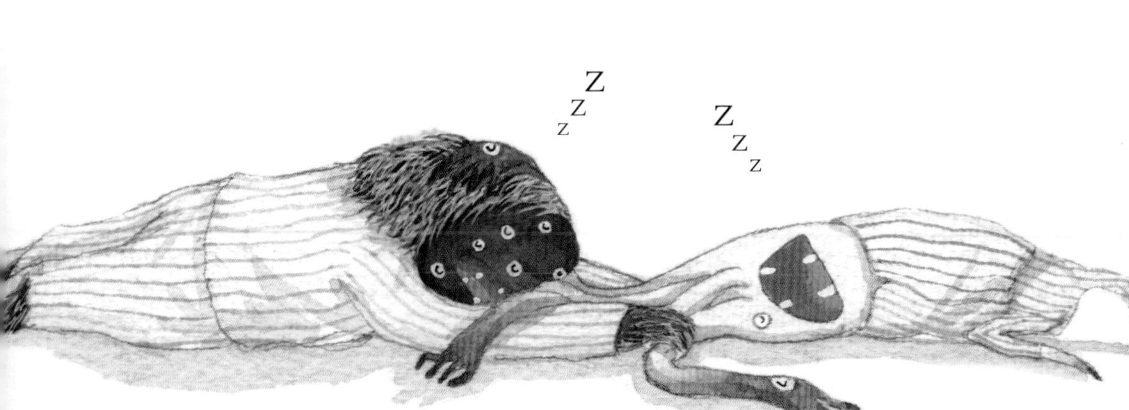
Z
Z
z
Z
Z
z

餐廳

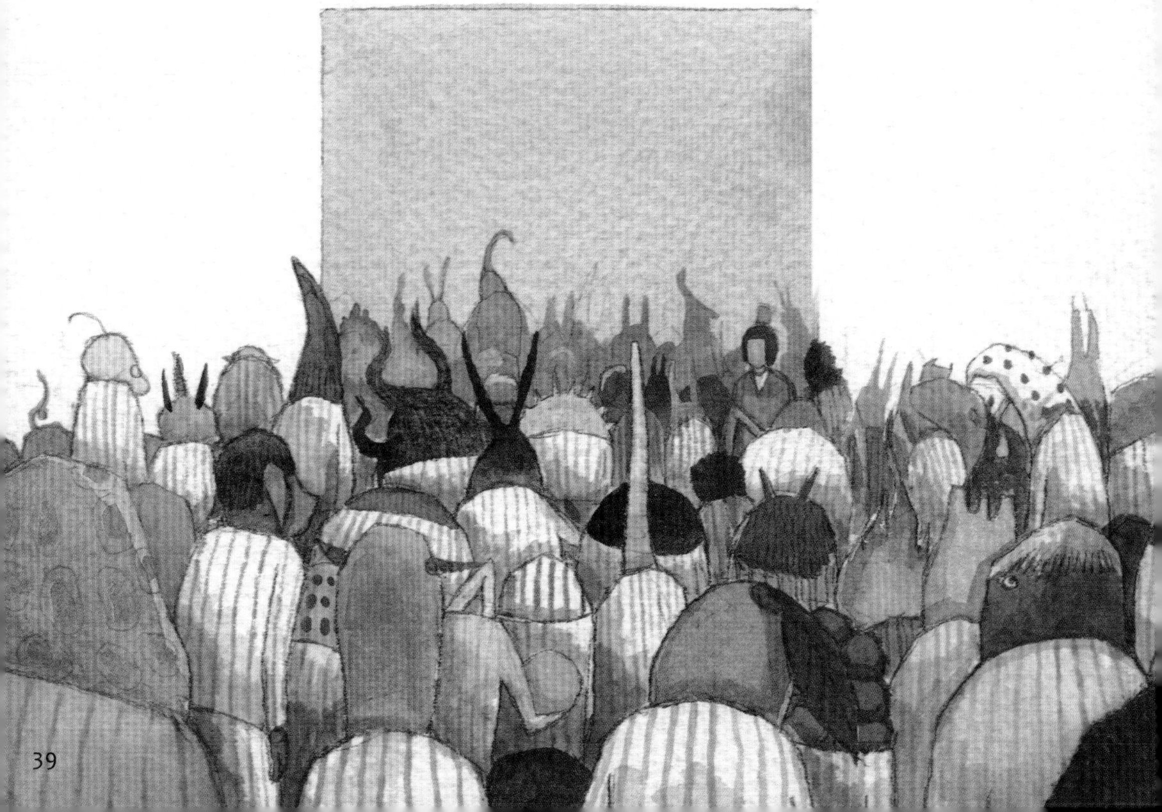

這邊三餐都是請專家設計過的，
絕對不會發胖。
呵呵⋯
以前我頭仔總是嫌我大顆，
但我就減不下來，
來這裡剛剛好⋯⋯
我跟妳說啊，
我還是小姐的時候，
身材有多苗條喔！
很多人追的⋯
有醫生啦、律師、田僑仔⋯
還有⋯
最後挑到一個最差的⋯⋯

咦？小美妳怎麼吃這麼快？
九點才上班ㄟ！

嚴禁煙火
嚴禁煙火

大嬸婆說的『上班』，
也就是這裡和其他醫院最大的不同。

這裡設有紙廠、印刷工廠和圖書庫。
護士長說人與其他生物最大的不同，
就是擁有文明。

而書正是傳遞文明的工具。
印書是為文明提出貢獻的方式之一，
以勞動換取所需也是成為人的要件，
更同時能回饋社會。
而且圖書庫也能保留部分數量，
供病患借閱。

但工廠的人力需經過挑選，
並非所有病患都能進入⋯⋯

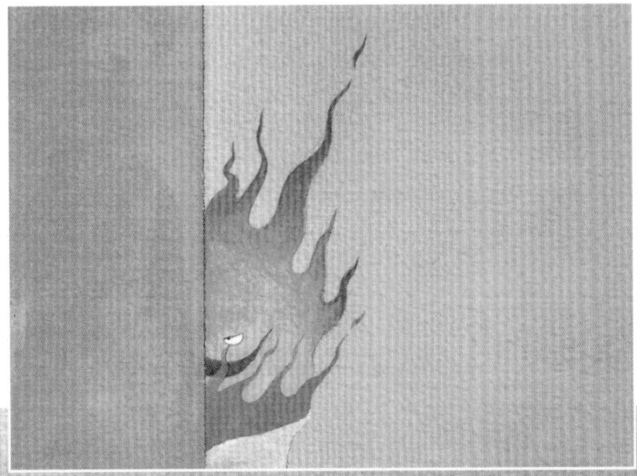

我……完成了……

這裡啊到處都是神經病！
我們隔壁房有一個，轉角第一間也有一個。
樓下至少七八個，全部都是搞藝術的！
我們以前吃飽都來不及了，
哪有時間搞藝術啊？

妳知道嗎？大嬸婆啊小學只唸到三年級，
因為要回家照顧兩個弟弟，
等他們上學了還要出去賺錢幫忙繳學費。
生了孩子又要繼續賺錢栽培小孩。
人喔～～唉！書唸再多有甚麼用？
都讀到背後去了啦。
到了美國都不回來了⋯

對了！妳知道我們這裡也有很多博士嗎？
一樣！都是神經病！讀到腦袋都燒掉了！
其實大嬸婆很可惜，小時候我也很會唸書，
班上老師還說，
各位小朋友，你們大家要向吳招弟學習⋯。
⋯⋯⋯⋯⋯⋯⋯⋯⋯⋯
⋯⋯⋯⋯⋯⋯⋯⋯⋯⋯

不好意思！

大嬸婆，
我們開始上課囉！

如何做為一個人……？

對不起！先生。
您剛剛唸的『潛』意識唸ㄑㄧㄢˊ，
不是唸ㄑㄧㄢˇ。
！
！

嗯，沒有錯，是念ㄑㄧㄢˊ，
我是考慮怕同學聽不懂，
這位同學你實事求是的精神非常好。

不對！

教育家伏壽羅說：**講台即是世界的基點**。
今天站在台上的老師輕易的唸錯一個字，
接收了錯誤的學生，就會再把錯字給傳遞出去。

試想，這是一個多麼可怕的畫面？

伍斯洛陀說：

巨大的沙塵暴拆解開來，只是一顆顆細小的沙粒……

你知道苟且的心態會造成多可怕的後果？

你知道這世界有多少謬誤就是因為這樣而來？

更可惡的是身為老師，你居然意圖討好學生來掩飾你的過失。

我是可以被你們這種商人和政客所討好的嗎？

我是你們這種人可以討好的嗎？

我只服膺真理！
我只相信正義！
……

是你們這種人可以討好的嗎?!

小美快過來啊！
不要害羞，這裡沒有男女之分……
來，泡藥浴對身體有益喔！

呵
呵
呵
呵
呵
呵
呵
呵

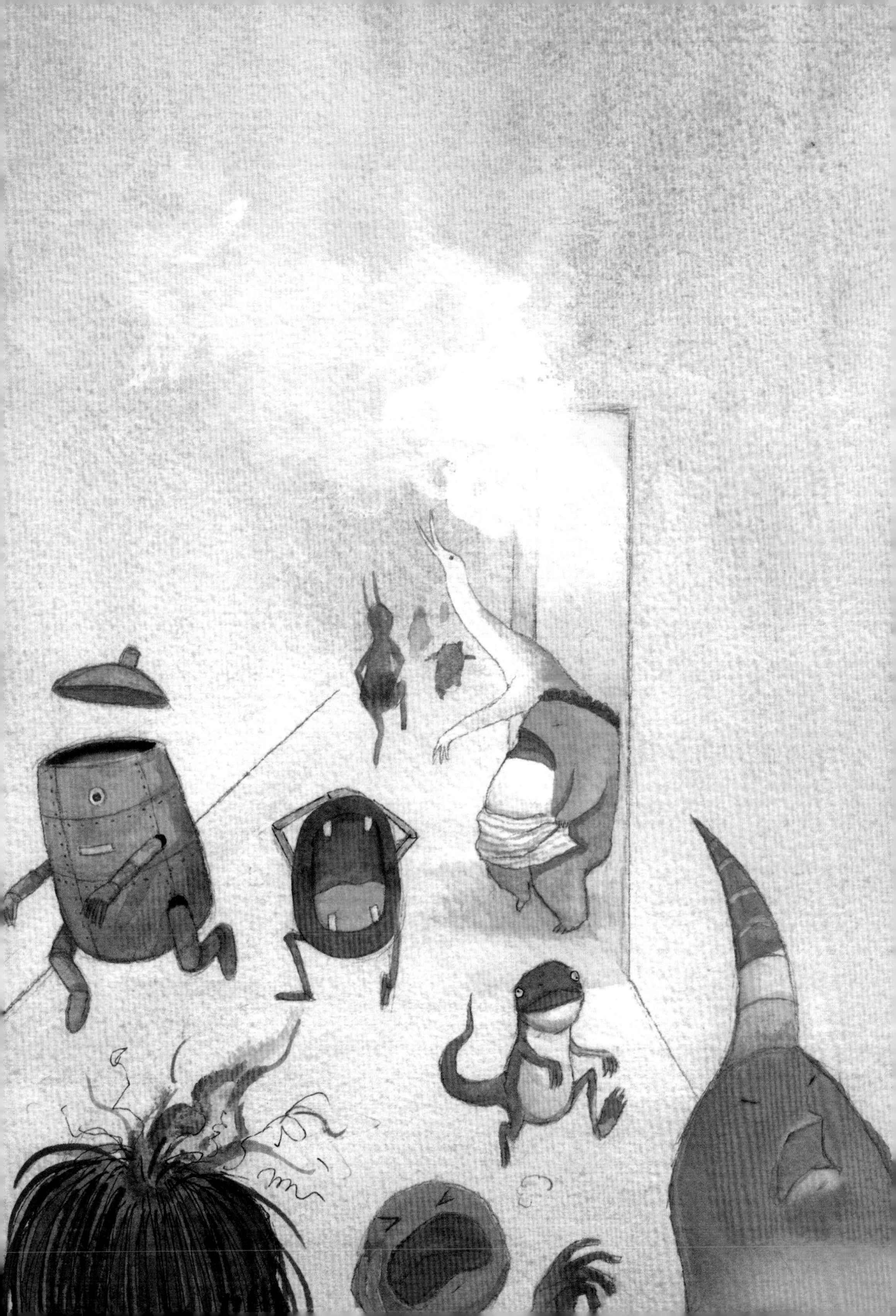

這真是一個能讓我復原的醫院？
護士長的叮嚀還在耳邊，
但在這裡妖怪依舊想破壞醫院的秩序，
擾亂其他妖怪的安寧，
一早我的髮夾失竊了，
連早餐也憑空消失。

我根本不是害羞，
只因為浸滿了妖怪的浴池早就被污染了。

我不想變成妖怪，因為我跟他們不一樣。

訂正

Chapter 03

妖怪之所以為妖怪，是因他們的內心，
從來就只有自己。

Sunday	Monday	Tuesday	Wednesday	Thursday		
02				06	07	08
09	10	11	12	1		15
		18	19	20		22
23	24	25	26	27	28	29
30	31					

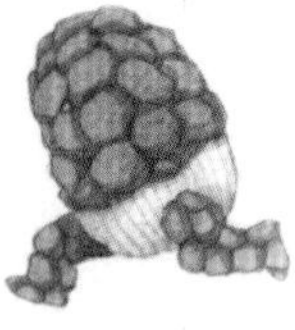

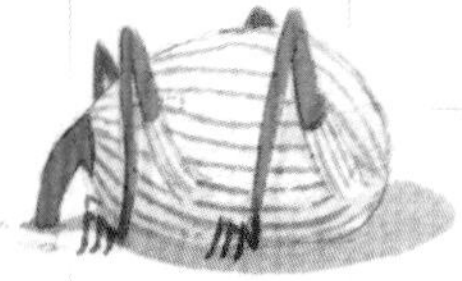

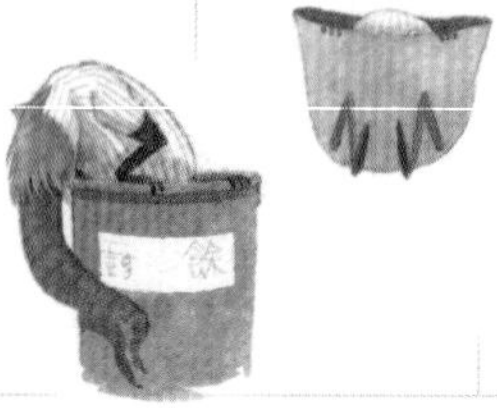

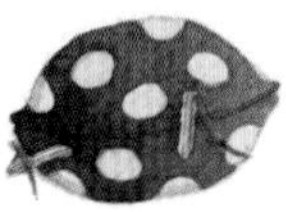

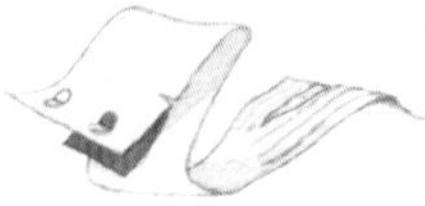

Sunday	Monday	Tuesday	Wednesday	Thursday	Friday	Saturday
						01
			05	06		08
09	10	11	12	13		15
16	17	18	19	20	21	22
	24		26	27	28	

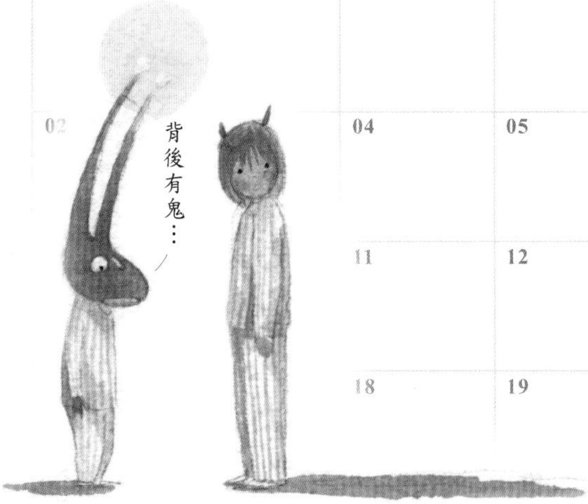

Sunday	Monday	Tuesday	Wednesday	Thursday	Friday	Saturday
						01
02		04	05	06		
		11	12	13	14	
		18	19			
30	31					

Sunday			Wednesday	Thursday	Friday	Saturday
					01	02
03	04	05	06			09
10	11	12	13			16
17	18	19				23
24			27	28	29	30

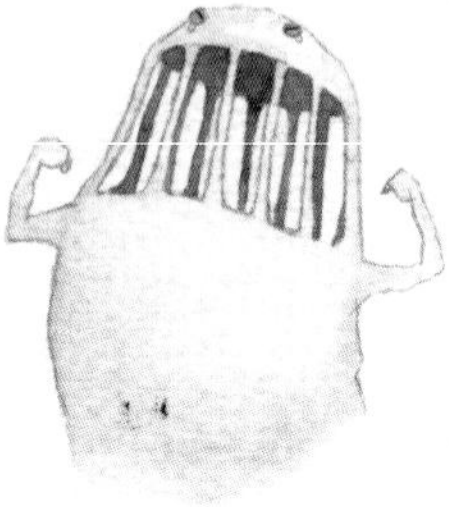

Sunday	Monday	Tuesday	Wednesday	Thursday		urday
02		04	05			
			12	13	14	15
16	17	18	19			
23	24					
30	31					

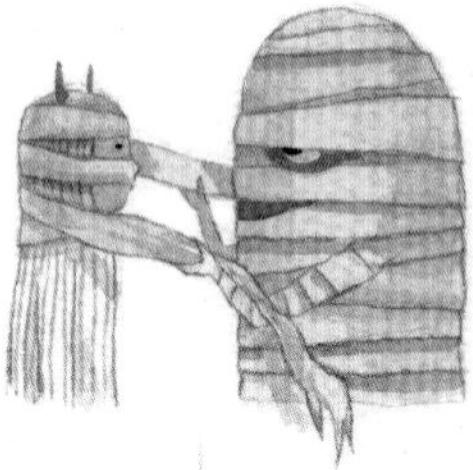
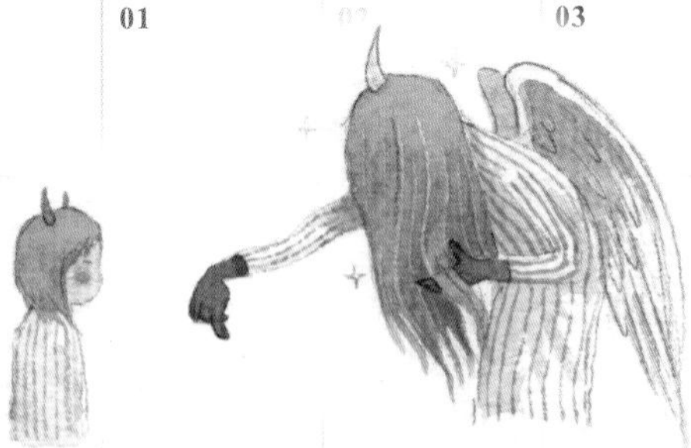

Sunday	Monday	sday	Wednesday	Thursday	Friday	Saturday
				01	02	03
04		06	07			
11		13	14			
18	19	20	21	22	23	24
25	26	27	28	29	30	31

周五是醫生看診的日子，也是妖怪們最聽話的時刻。
是因為怕人看穿自己醜陋的內心嗎？
可是醫生的到來對我而言卻是個希望，
因為只有他是唯一能為我解開疑惑的人。

診療室
醫生叔叔，我是一個模範生，
請你相信我。
我的爸媽跟老師都可以做證……
還有我同學……

………………………
我應該沒有生病吧！
我……我可以打針！
我不怕痛，真的！

如果可以馬上好，甚麼方式我都可以接受。
還是讓我待在家裡治療……
我不會亂跑的，你相信我。

呵呵呵~~妳先不要急。
我已經看過小美的資料了。
我知道妳是一個好學生。
來，我們先來聊一聊妳的情況…
首先妳的外觀並沒有太大變化，
妳還是一個很漂亮的女孩，
但事實上妳的身體還是與常人不同……

最明顯的是這對角。
依我的判斷，若以人為的方式強加清除，
仍然有再生的可能，甚至更加惡化。
要完全根治，只有找出病因。

有些病況起因很明顯，但治癒卻很費時。
但有些只要找出原因就能自行痊癒，
只是查明需要多久？這很難說⋯

小美妳的狀況需要時間查明。
不要擔心，妳好好待在這裡。
包括我，
這裡的叔叔阿姨一定會盡全力幫助妳的。

醫生！
可是醫生叔叔，我⋯⋯

診療室

周五同時也是餐廳加菜的日子。

對妖怪而言，他們在乎的與其說是醫生，
不如說是晚餐裡的這個⋯

雖然我一直遵守媽媽的叮嚀，
不吃垃圾食物。
但如果每天只吃標榜『健康』的清淡食物⋯

烤雞腿……

……有誰不渴望？

……

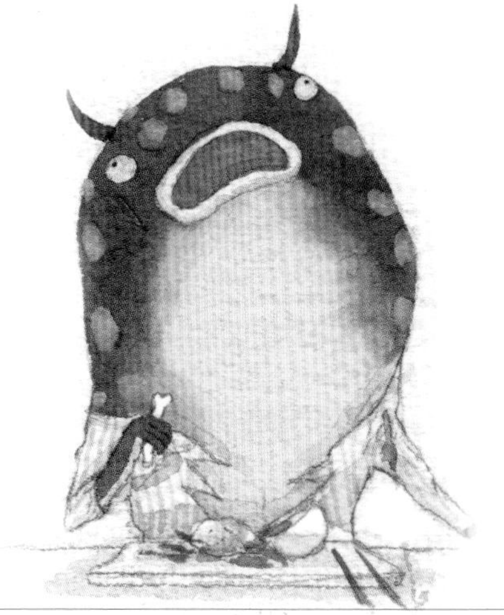

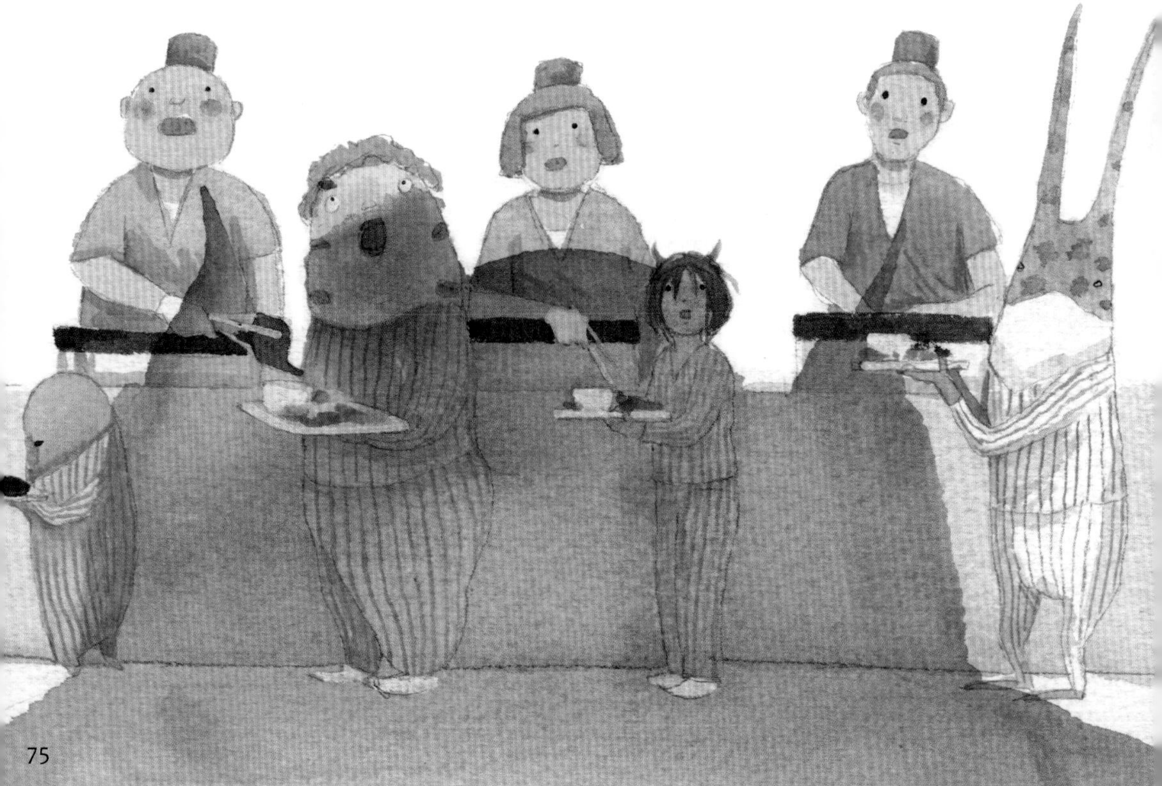

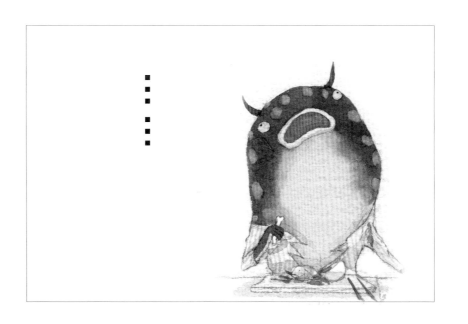

H919
把我的東西還給我！
H920

我知道是你拿走了，
把我的東西還給我。

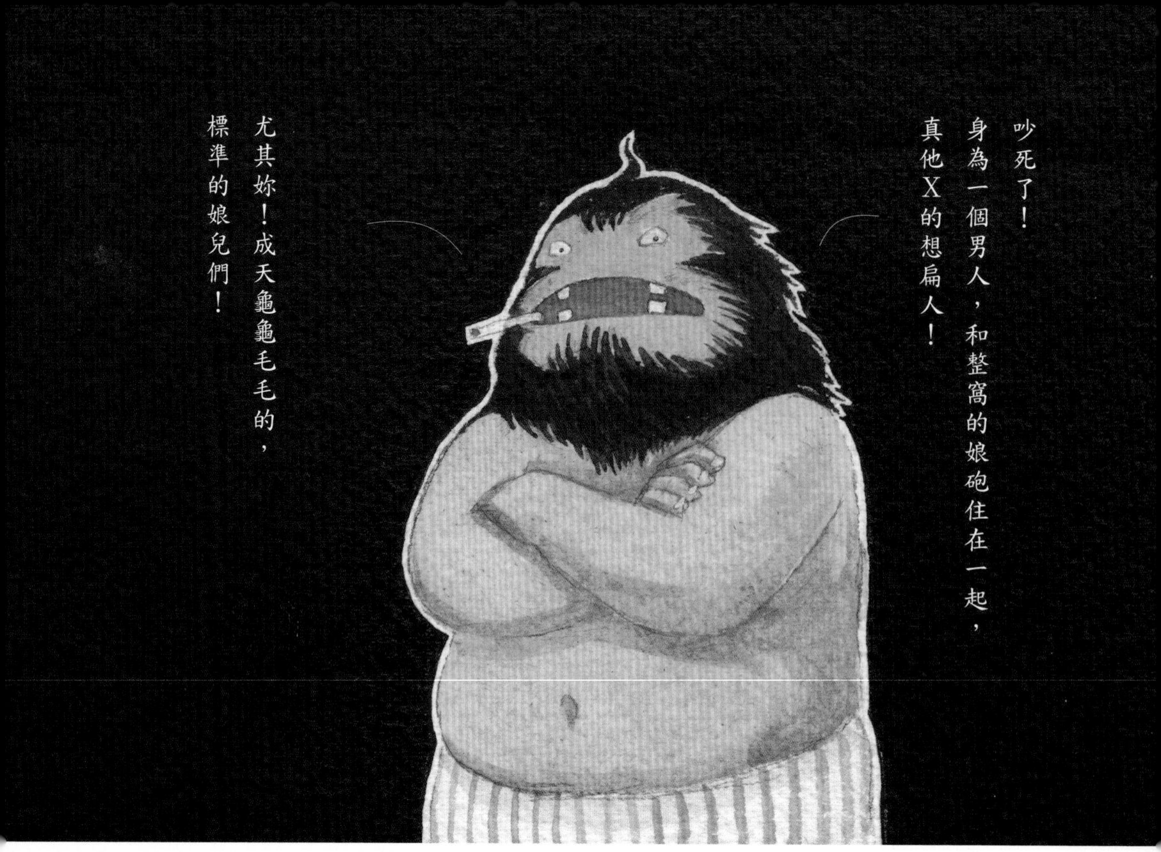
吵死了！
身為一個男人，和整窩的娘砲住在一起，
真他X的想扁人！
尤其妳！成天龜龜毛毛的，
標準的娘兒們！

喂！還不趕快還給人家。
不是跟你說了，小美把東西藏在床底還有枕頭裡面，
你不要亂動……

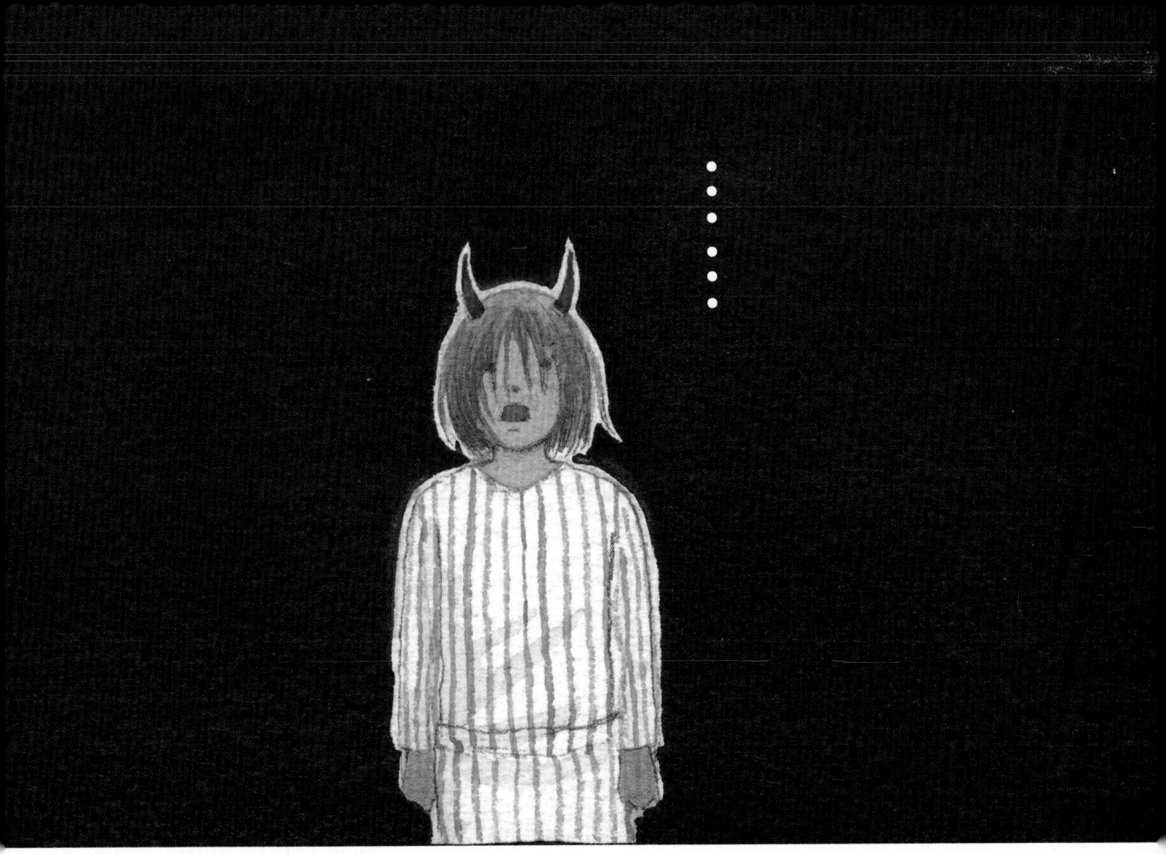
……

ㄜ……
我沒有說喔，呵呵呵呵……
我甚麼都沒說。

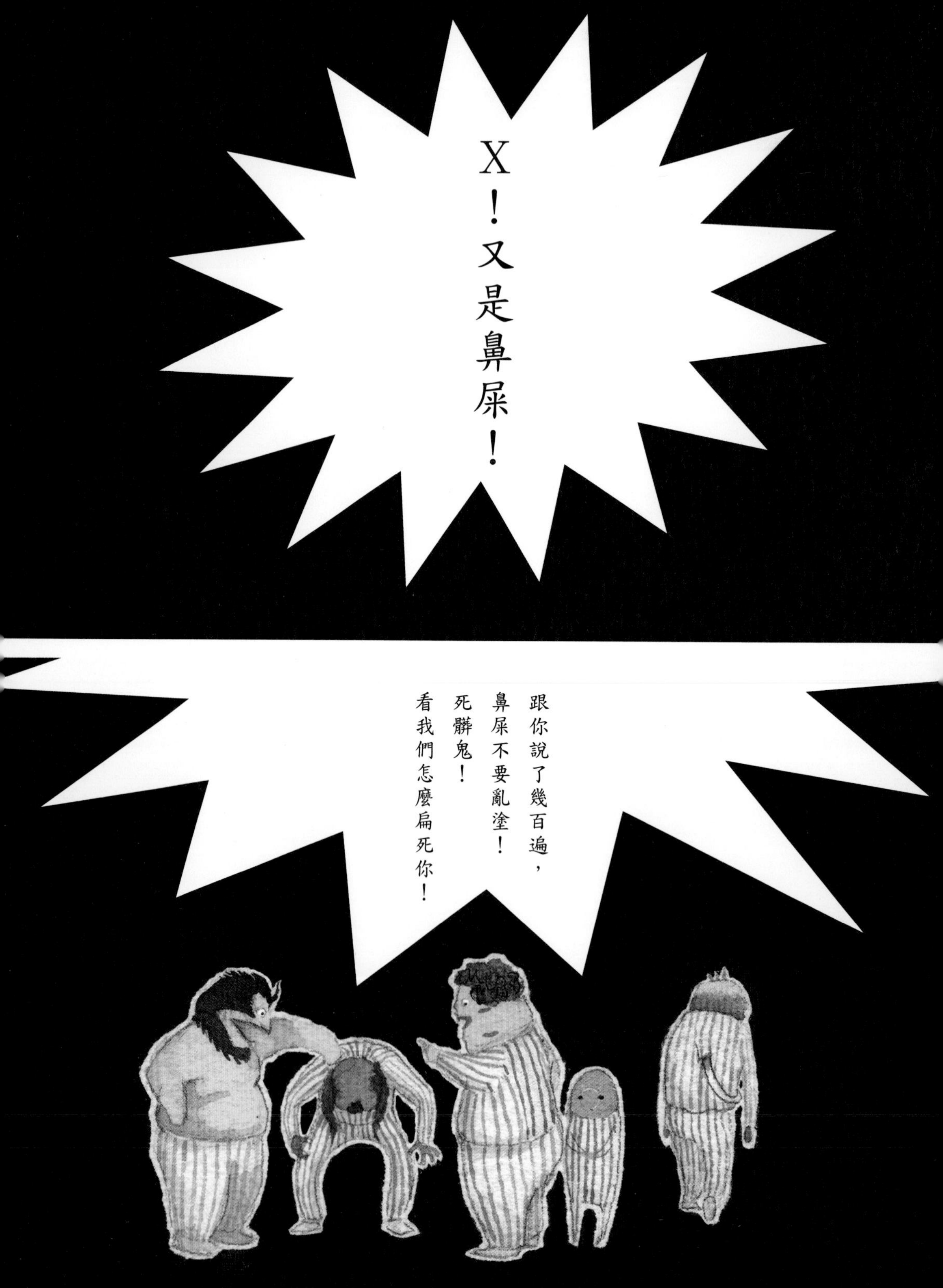
X！又是鼻屎！
跟你說了幾百遍，
鼻屎不要亂塗！
死髒鬼！
看我們怎麼扁死你！

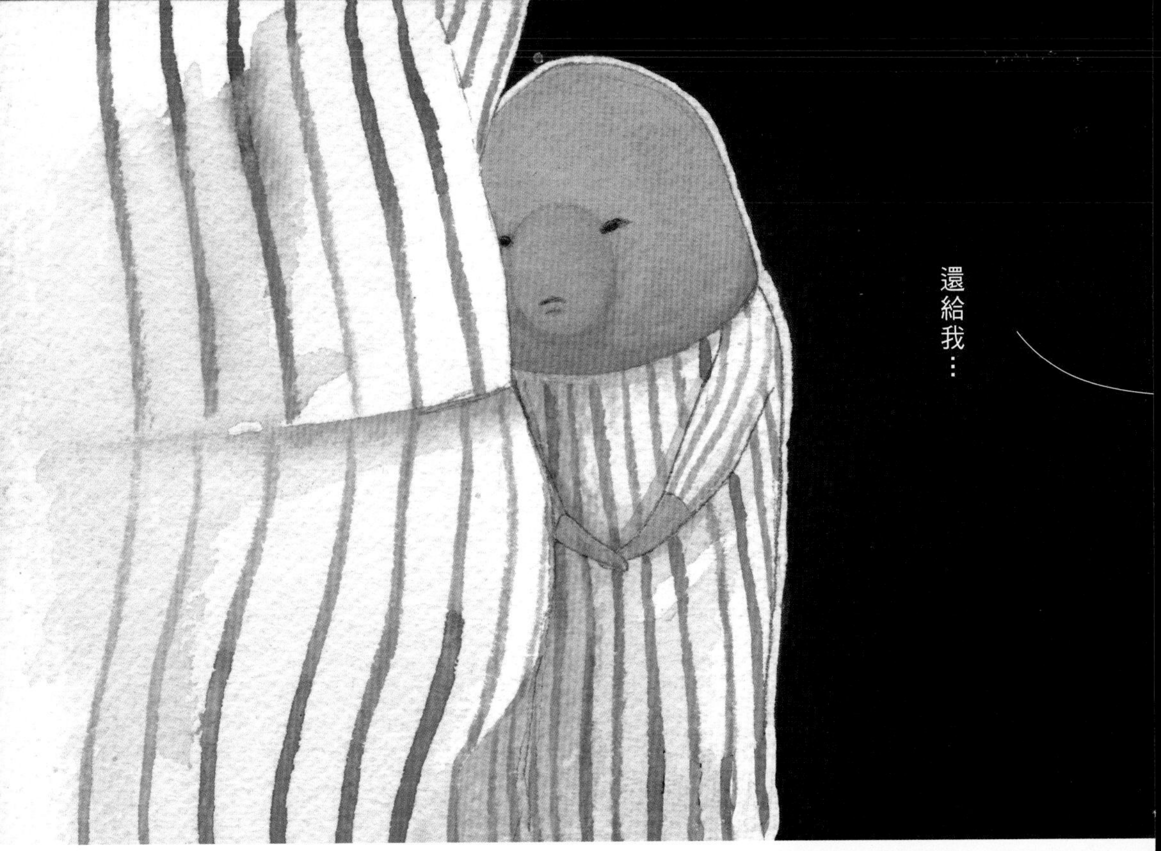

請你們把我的東西還給我…

你是我的……

訂正

Chapter 04

妖怪是可以治療的嗎？
是人改變了妖怪？
還是人會被妖怪所改變？

然後勇敢的王子衝進了城堡裡，殺光了所有妖怪，
把受困的公主救出了來⋯
後來公主為了感謝王子，於是嫁給他做妻子。
他們彼此相愛，從此過著幸福快樂的日子⋯

馬麻~~
那我是不是公主？

當然了~小美是全世界最美麗的公主，
也永遠是爸爸媽媽最寶貝的公主…

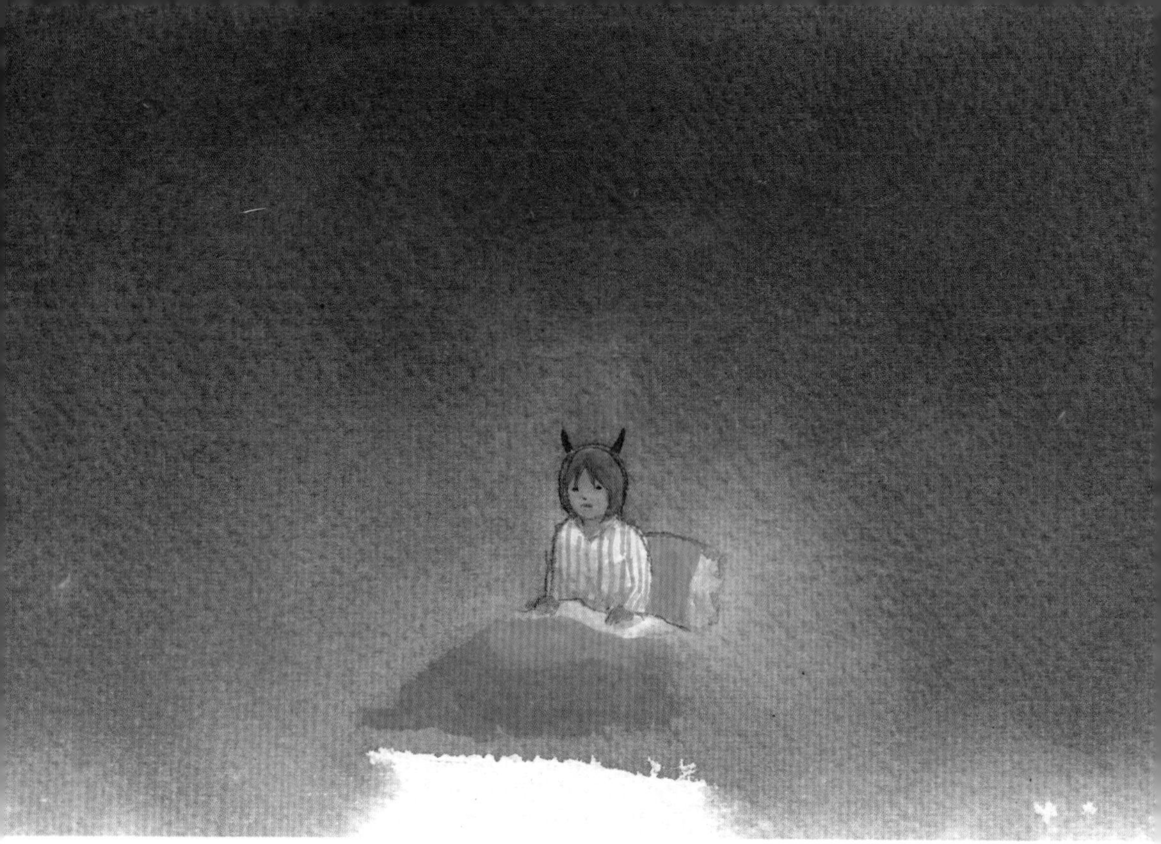

對不起，我要去上學了。
再不去我要遲到了，我是學校的模範生，
我不可以遲到的……

我不可以遲到的……

媽媽~我不是妖怪！
嗚……我不是妖怪！
媽媽……

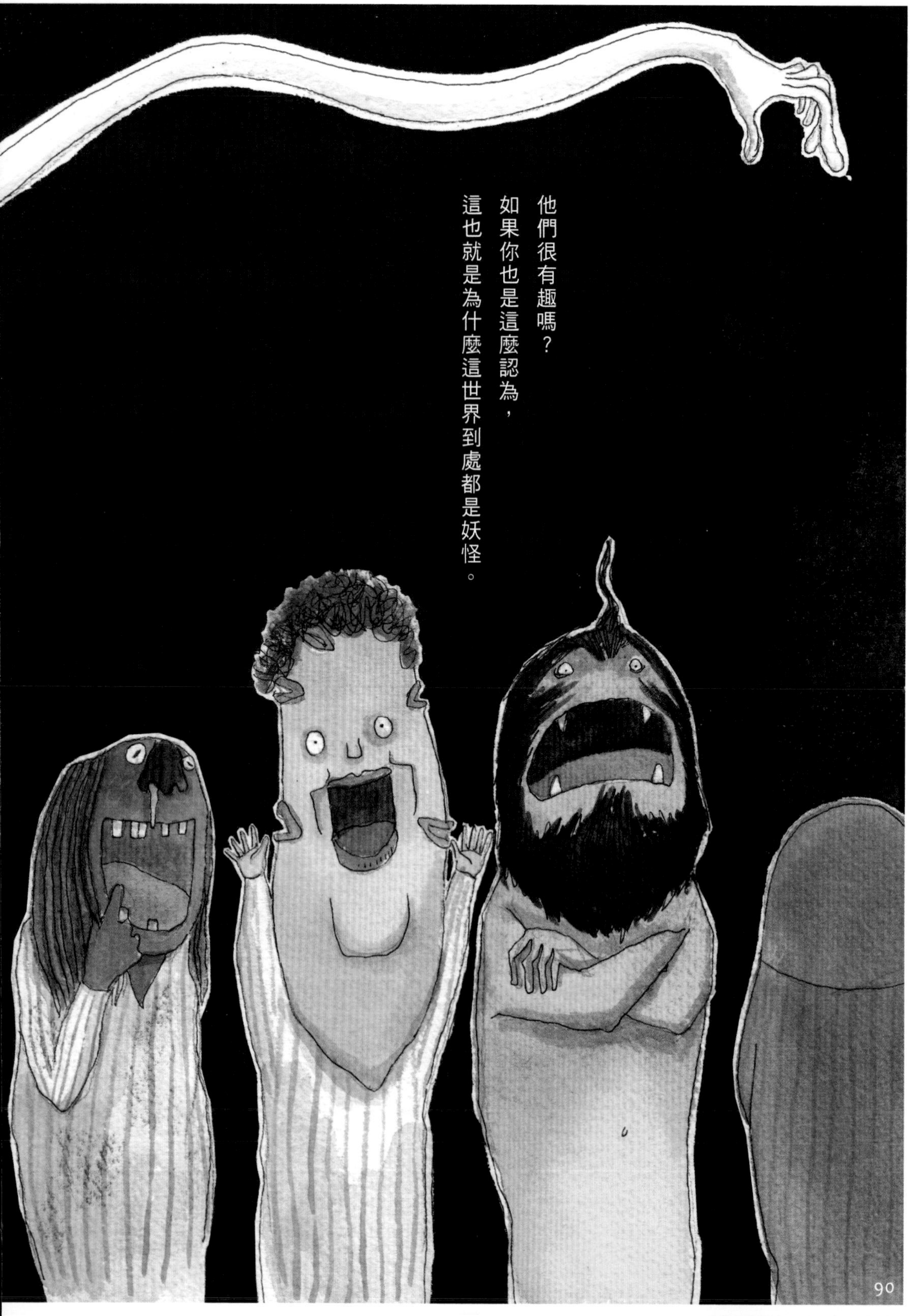
他們很有趣嗎？
如果你也是這麼認為，
這也就是為什麼這世界到處都是妖怪。

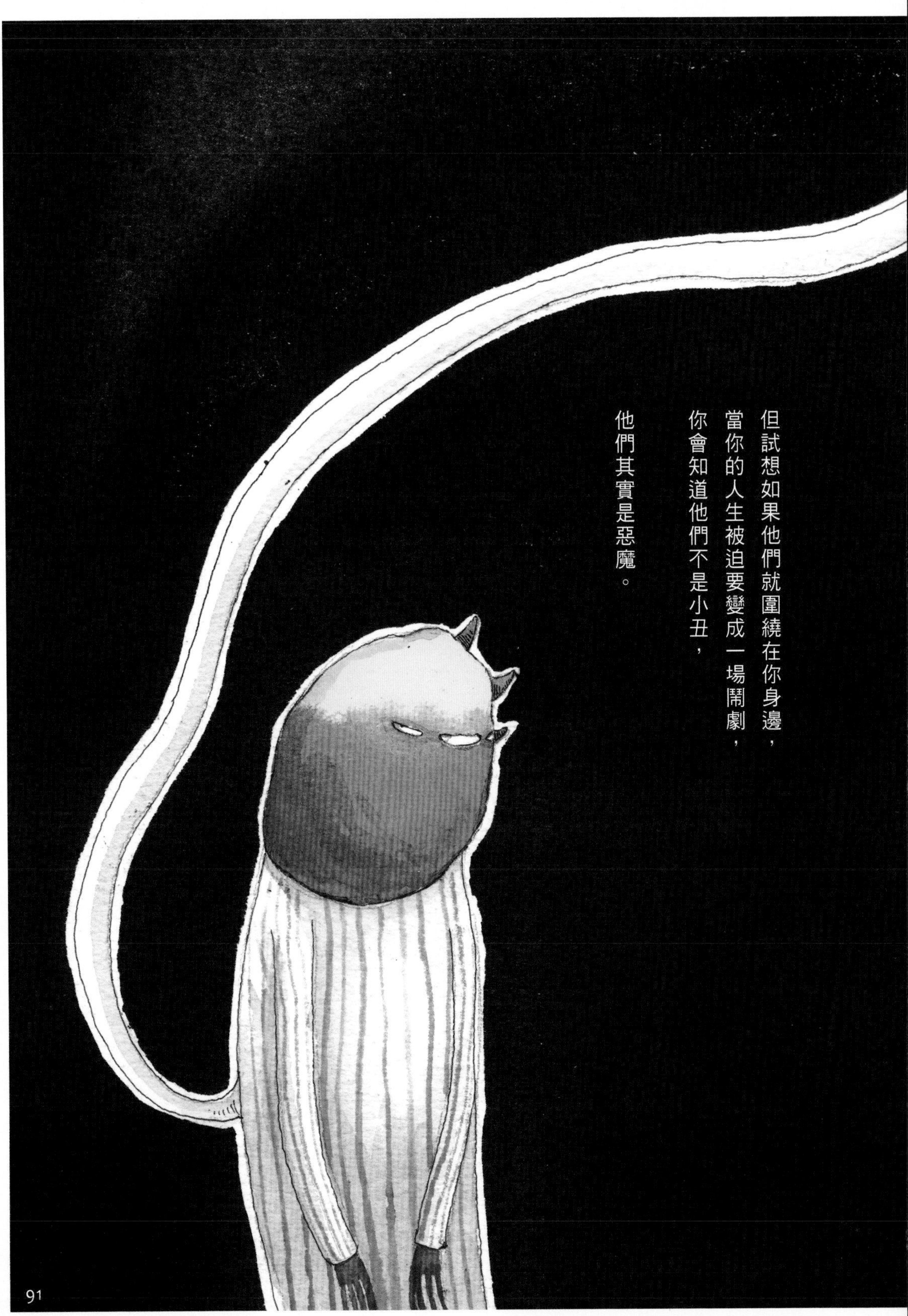
但試想如果他們就圍繞在你身邊，
當你的人生被迫要變成一場鬧劇，
你會知道他們不是小丑，
他們其實是惡魔。

醫生說我需要治療。
我也深切的檢討了自己，
會不會是我不愛吃紅蘿蔔或者不喜歡小動物。
但除此之外我究竟犯過甚麼大錯？

可就算我願意接受自己是一隻妖怪，
待在這裡，我只會更確信自己是個人。

因為我跟他們不一樣

然而我甚麼都無法改變。
我現在只是病患裡的百分之一，甚至千分之一。
困在城堡裡的公主，
救不了自己也沒有人解救。

但如果我融入這裡的一切，
也讓自己變成一隻真正的妖怪，
會不會就能減少這樣的痛苦？

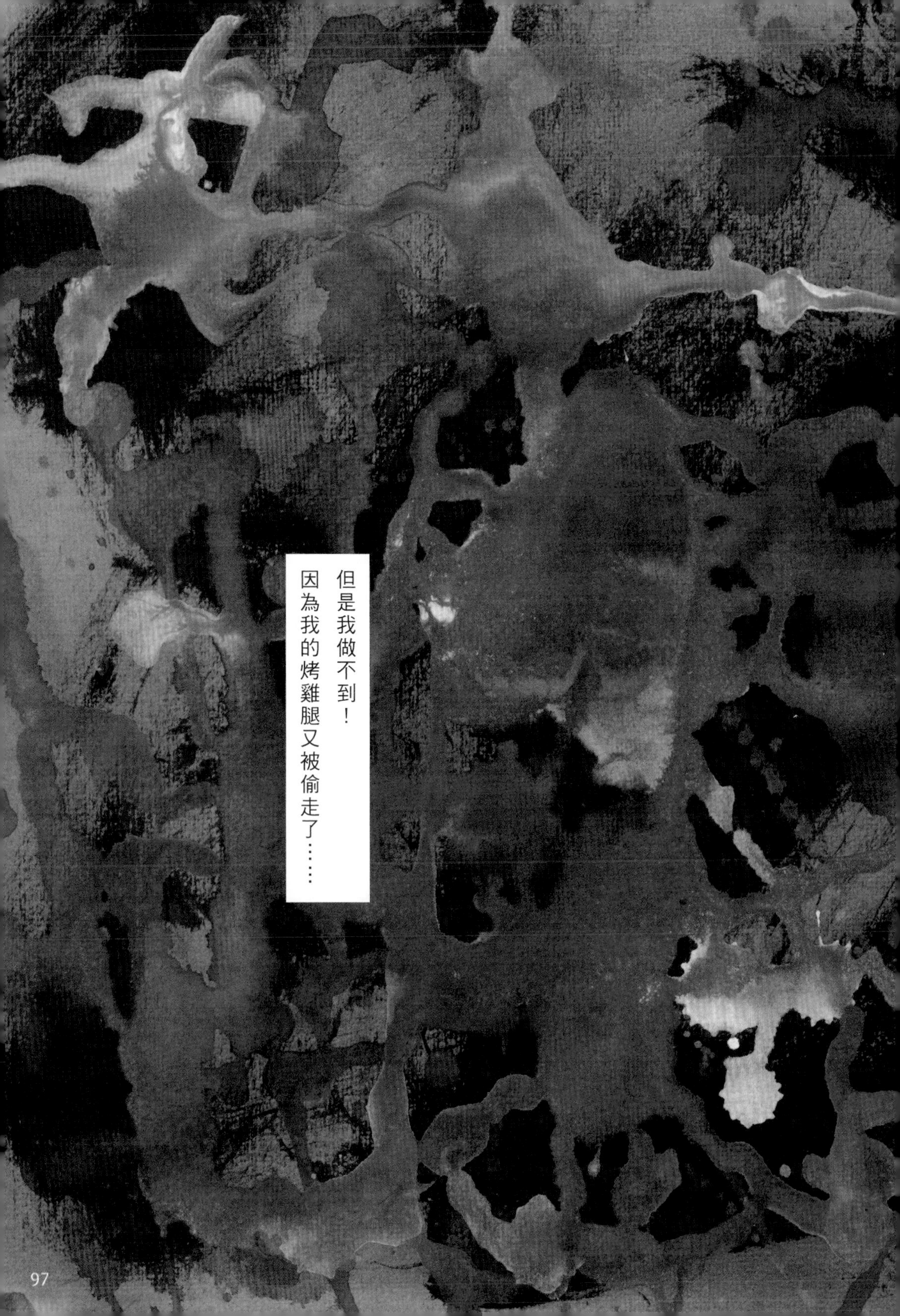
但是我做不到！
因為我的烤雞腿又被偷走了……

我不要去獨居房啊，我只是叮嚀而已……
我沒有講話啊。
對不對，小美妳跟她說大嬸婆哪裡一直講話。
我只是叮嚀一下而已……

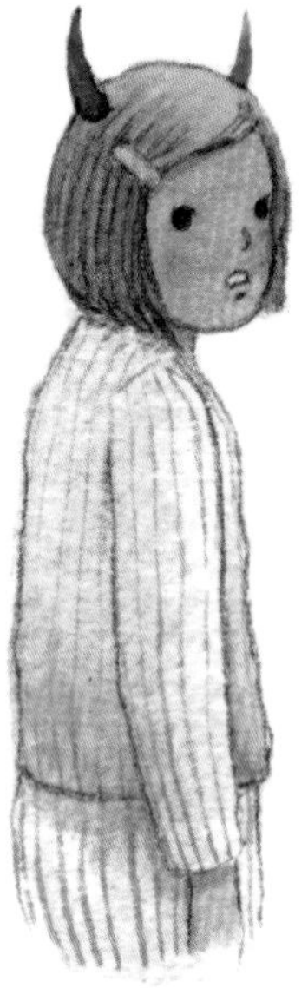

我們對只會哭泣的人總是沒有辦法，
然而他們看似無害，
卻能將悲觀的病毒傳染到每個人身上。
這就是咕米。

但我不會再讓任何人干擾我了，
我一定要想辦法變回人，
因為我跟咕米不一樣。

我以為再讓咕米離開，就能擁有自己的房間，
但病房很快又補進了新的妖怪。
還好，正因為妖怪越來越多，因此醫生指派我離開這裡到戒護區幫忙。
這是一個榮譽，我也不再只是妖怪裡的一份子了。
我依然是模範，就算我身處的是一個妖怪的世界。

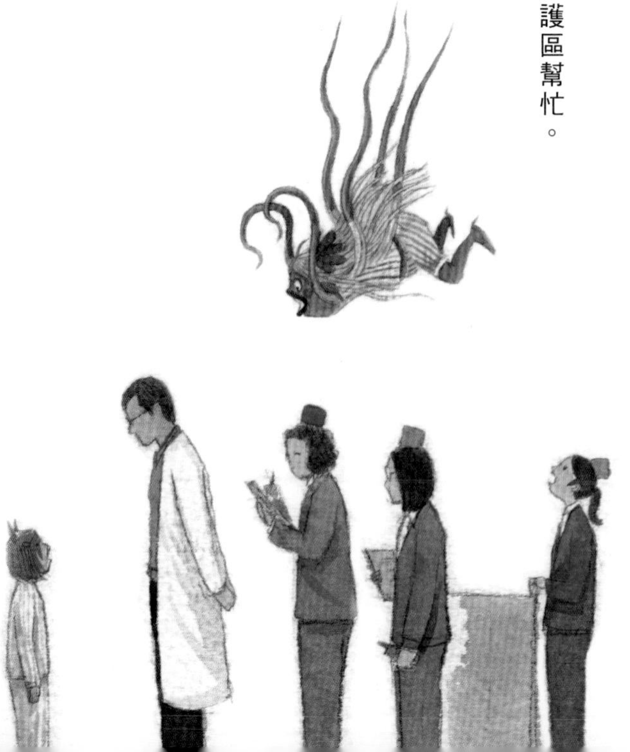

訂正

Chapter 05

護士長說戒護區的妖怪不是多次犯錯難以配合

就是根本拒絕治療。

但她特別叮嚀要抱持服務的精神。

然而，這樣真的有用嗎？

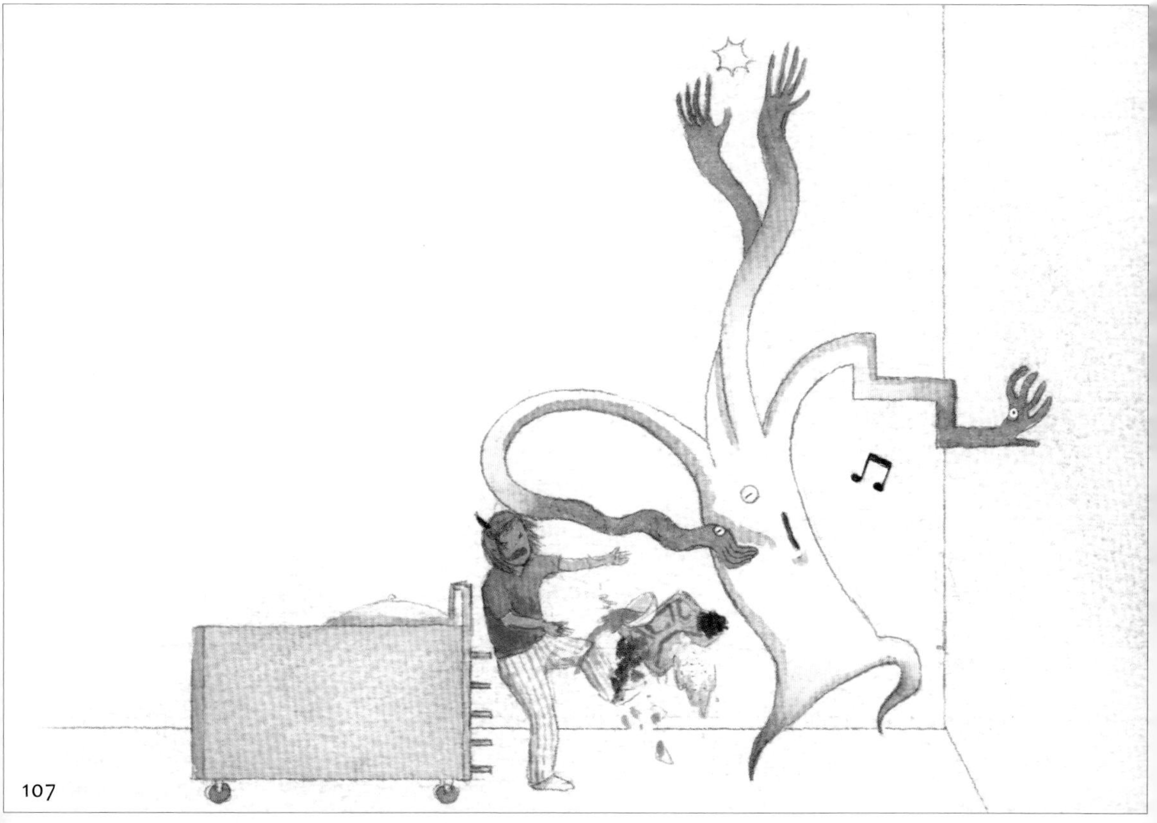

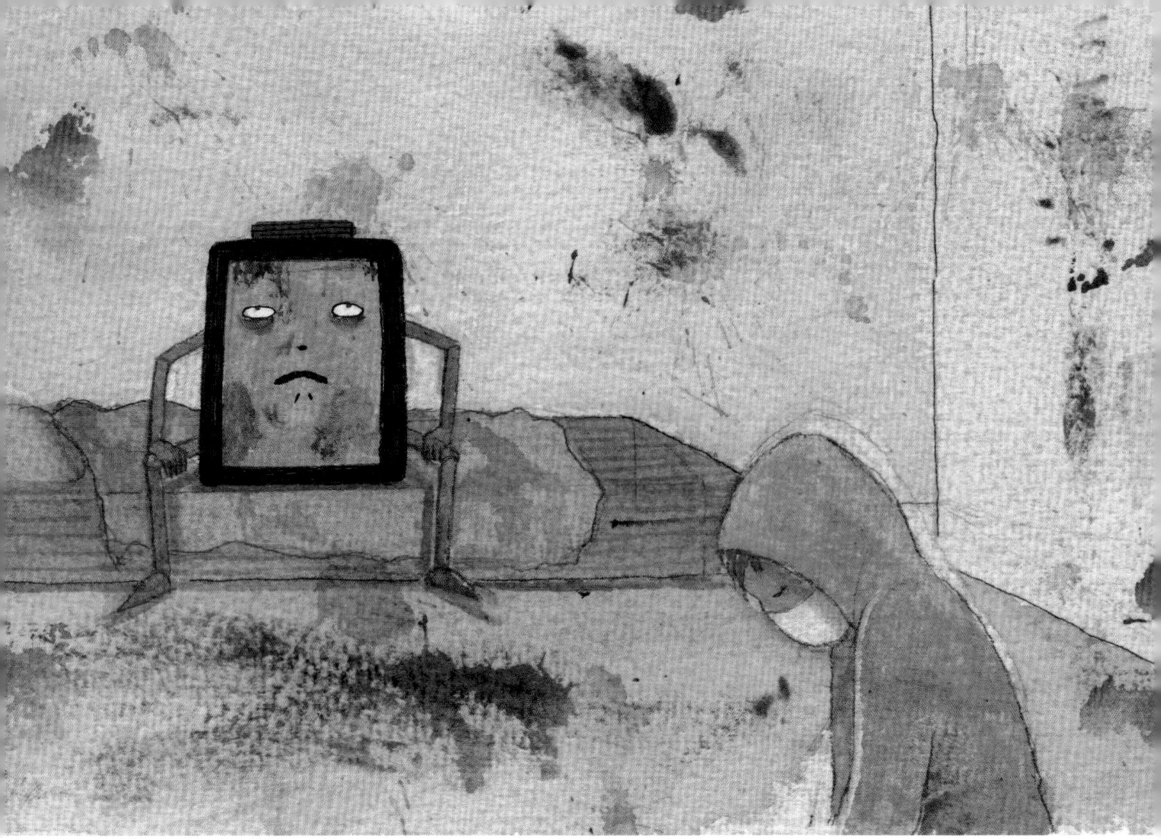

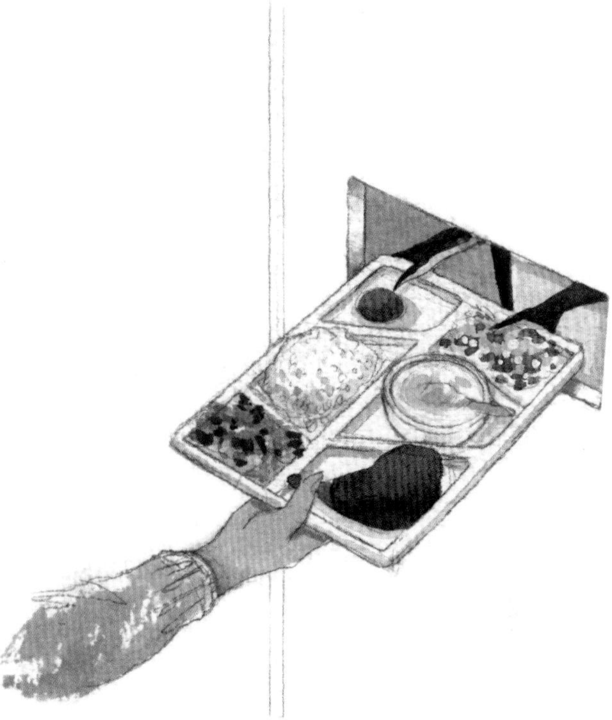

六點以前要把所有的餐點送完，
吃素的病患房號不要送錯了，
還有如果當天有烤雞腿……

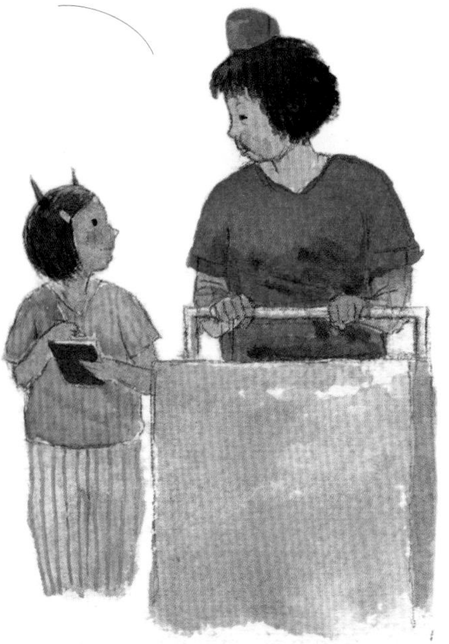

嘩！

嚇我一跳！又是你！
上次就是他搶了大家的雞腿！

呵呵……這就是他的毛病，習慣了就好。

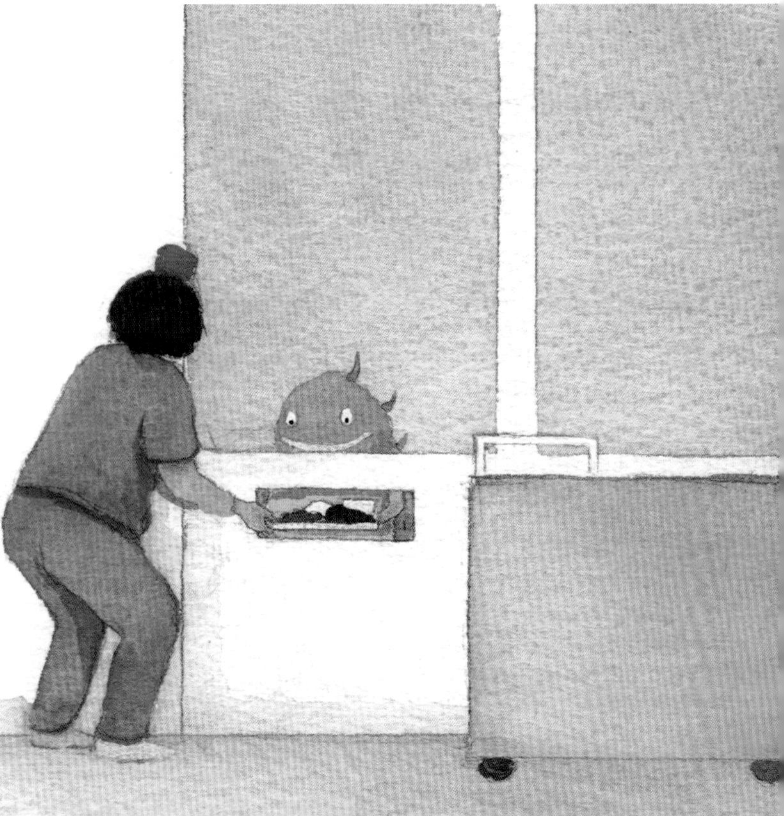

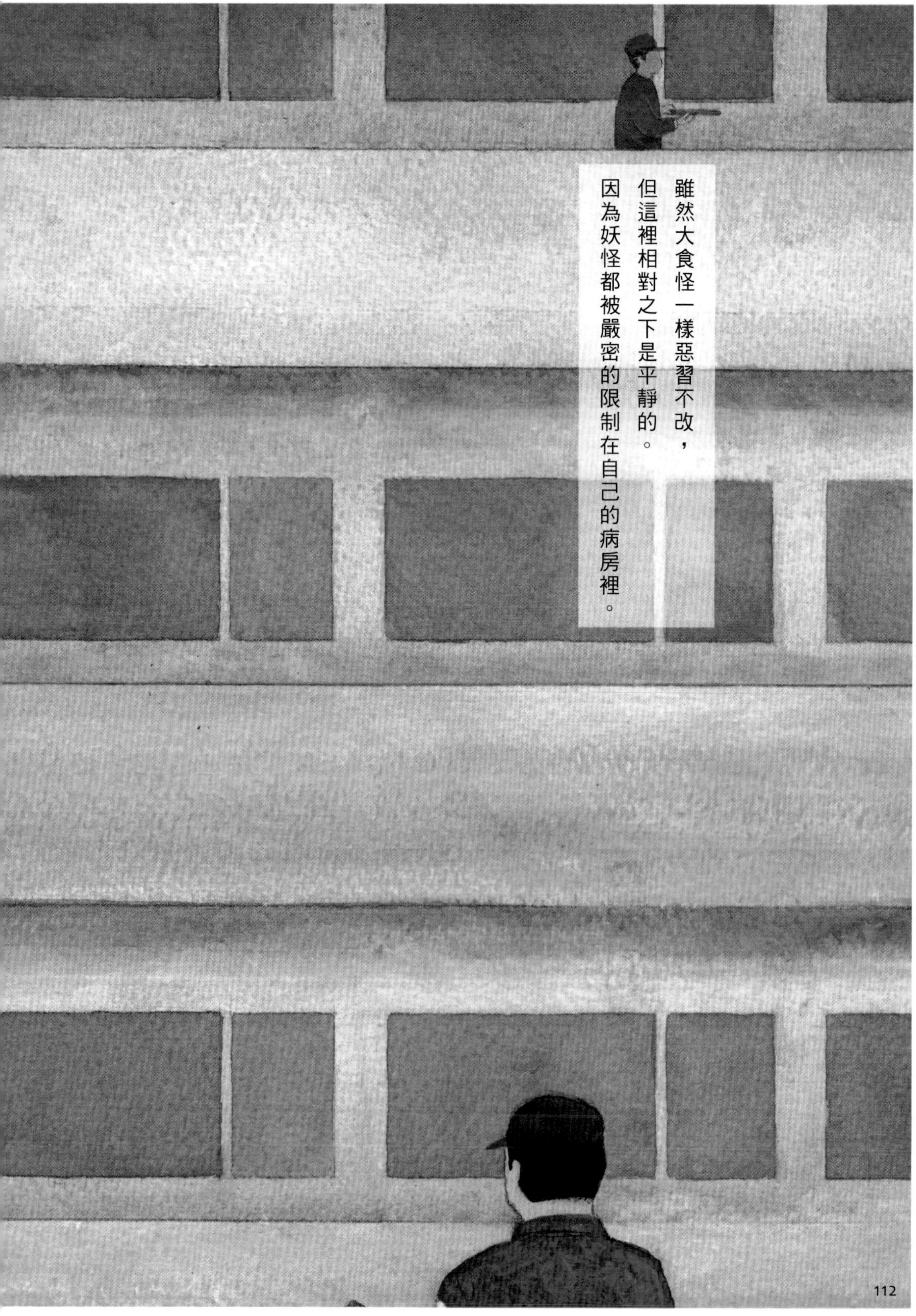
雖然大食怪一樣惡習不改，
但這裡相對之下是平靜的。
因為妖怪都被嚴密的限制在自己的病房裡。

而每天我看到的人總算比妖怪還多，
但也因此更清楚看見工作人員的辛勞。
他們總是最早起床，最晚入睡。
他們得預先準備各項療程，但永遠比妖怪還晚用餐。

可是永遠有新的妖怪被送進來。
無法結束的工作，
幾乎讓每個人都喘不過氣來。
但妖怪依舊拒絕治療，
因為這裡的妖怪根本不想變成人。

他們要不企圖逃走，要不出言辱罵，甚至攻擊管理人員。
這是一個徒勞無功且不被感謝的工作，
這樣的『病患』真值得我們這麼『服務』嗎？

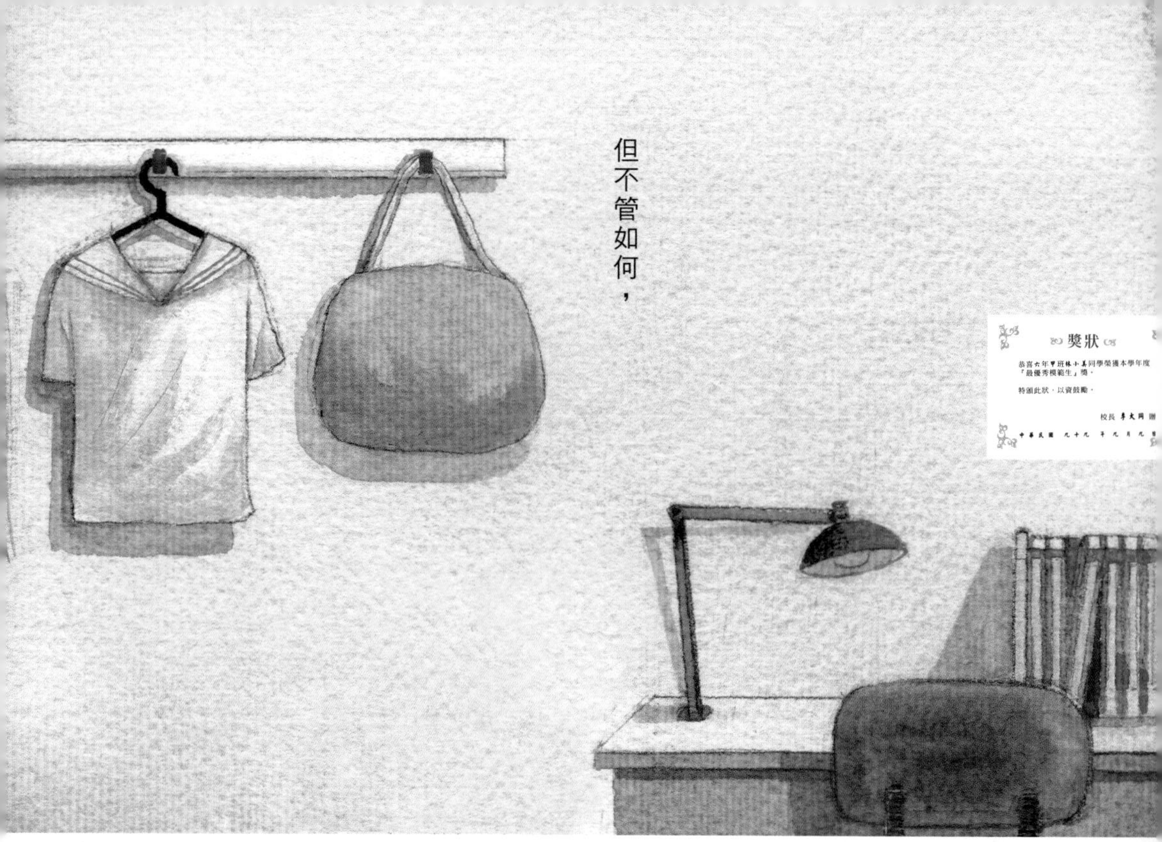
但不管如何，
獎狀
恭喜六年甲班林小美同學榮獲本學年度
「最優秀模範生」獎。
特頒此狀，以資鼓勵。
校長 李大同 贈
中華民國 九十九 年 九 月 九 日

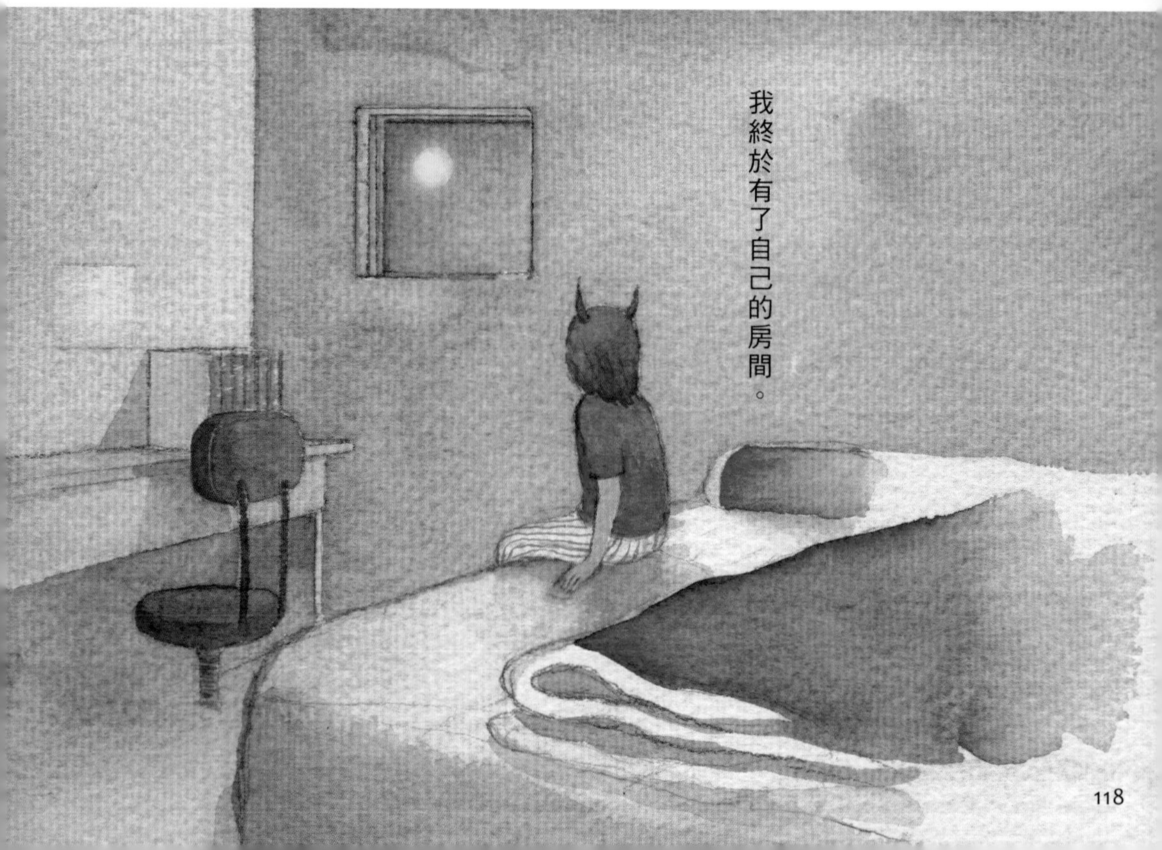
我終於有了自己的房間。

只是我更加不懂這裡的邏輯⋯

下午脫逃的那隻妖怪，
居然住在一間超棒的病房裡，
那裡有著一大面窗。

為甚麼表現最好的我，
獲得的卻不是最多？

大叔，我陪你。
哈哈，好好好，乖女孩。

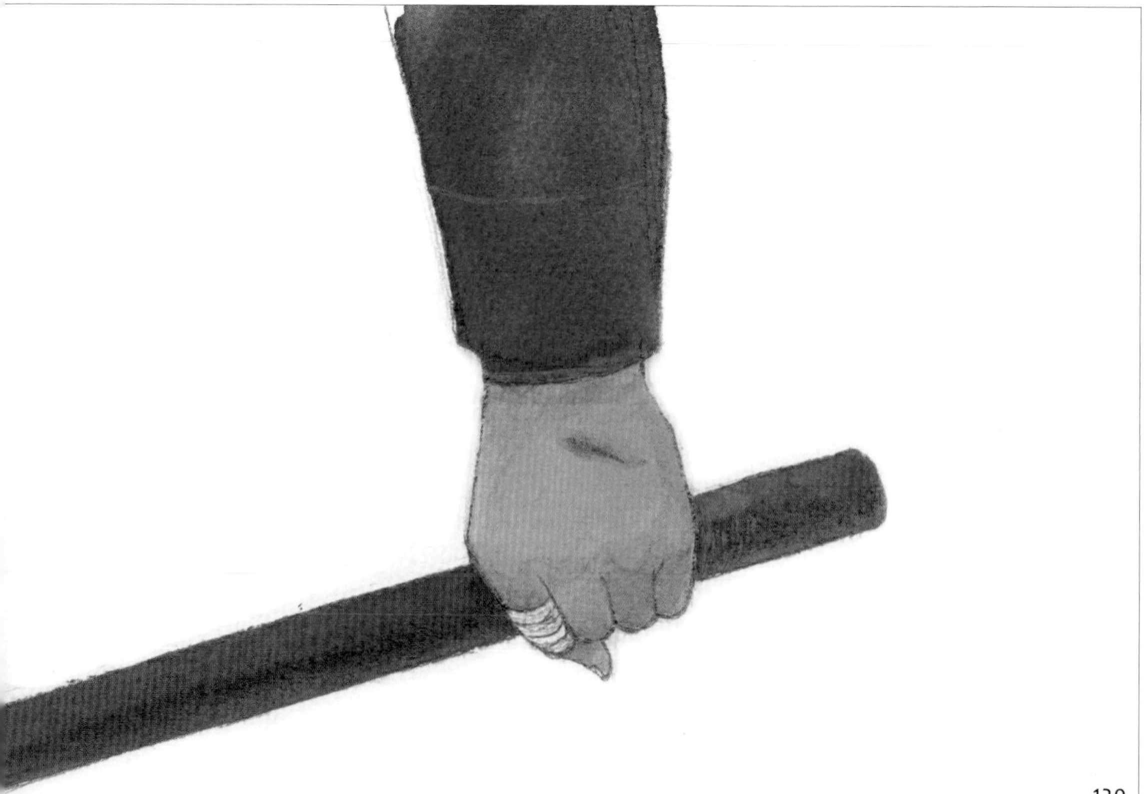

美：你受傷了？

叔：呵呵呵，沒事！這種小擦傷經常有。

美：大叔，你們都不會累嗎？

叔：習慣了。來這兒的時候就知道不會太輕鬆。
所以小美來這裡幫了我們很多的忙喔。

美：難道沒有方法可以讓病患乖乖配合嗎？
我是說至少你們可以輕鬆一點？

叔：除非必要，否則醫生有特別指示，
要用待人的方式來對待病患。
因為醫院是用來幫助他們的。

待人的方式？
可是他們明明就是徹徹底底的妖怪啊！

阿桑那天說，就算有收不完的碎餐盤與菜渣，
大食怪還是有吃雞腿的權利。

真有這必要嗎？

你看就算我們辛苦的想要幫助他們，
妖怪心裡想的⋯
終究還是那隻烤雞腿罷了。

先生，coffee？tea？or me？

訂正

Chapter 06

你是妖怪還是人？
是誰決定的？
總之，不會是你自己⋯

叔叔，今天有多的烤雞腿喔。
哦~這麼好啊！
呵呵，謝謝。
妳吃，妳吃，小朋友多吃一點。

醫：辛苦妳了。

美：這是我應該的。

醫：這幾天感覺怎麼樣？

美：醫生叔叔，我的身體好像沒甚麼改變……

醫：嗯嗯，沒有關係，我已經在治療妳了。

美：可是醫生叔叔，我很害怕。
我一直很聽話，也從來不造成別人的麻煩，
在學校老師還說我是大家學習的對象，
我根本不應該變成妖怪的。

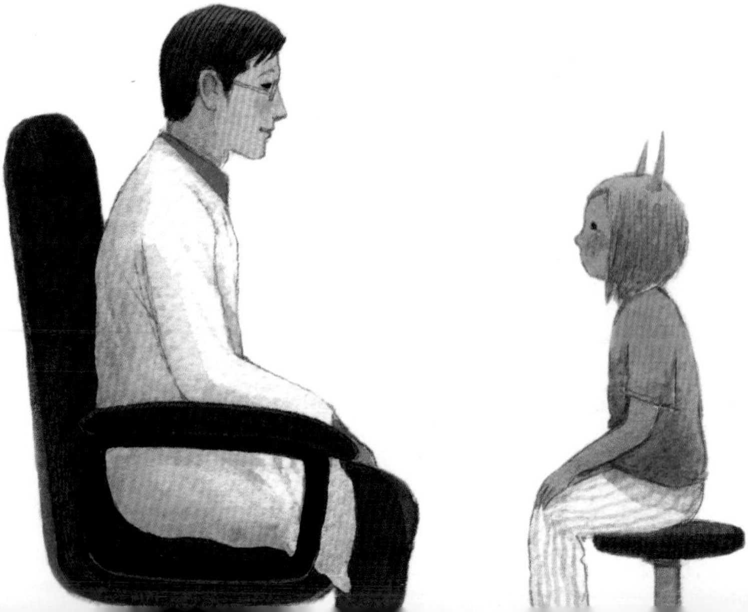

小美不要這說，小美還是人喔。

小美只是暫時生病了。

這裡所有的病患都一樣，他們不是妖怪，

他們只是在人的世界裡生病了。

生病了？

嗯，任何人都有可能生病的⋯⋯

醫生!!!

說對不起！

費斯歐福說過：
禮儀是秩序的螺絲。
秩序是世界的齒輪。
你未經我的許可侵入我的私人空間，
說對不起！

我是來打掃環境的，
應該是你要跟我說謝謝。

我當然會說！
但妳沒有禮貌在先，
就沒有資格得到對方的致謝。
這也是費斯歐福說的對等原則。

只要是管理人員都有權利隨時進來，
請你先看清楚這裡的規定。

管理人員？甚麼時候妳是了？
妳只是他們口中的病患，人們眼裡的妖怪。
妳會來到這裡，是因為妳的愚蠢。

但我跟妳不一樣！

我十二歲就在哈佛拿到了博士。
十五歲就為這世界貢獻了第一本巨著。
我被送來這裡原因只有一個：
因為我太優秀了！

那些沒被抓來醫院的都只是僥倖，
在我面前他們根本不夠資格被稱為人。

偉大的斯瓦梭德說：**這世界其實就是一個妖怪的世界。**
我們以為妖怪是人的想像？錯！人才是妖怪幻想出來的。

而當今誰實踐了妖怪的想像？
就是我。只有我堪稱是人的化身。

看看我所擁有的高超的智慧、高貴的靈魂以及高度的道德勇氣。
妳有我如此博學多聞？
妳敢不畏眾人的指責誓死捍衛真理？
妳有我這種為喚醒妖怪而幾近於獻身的熱誠？

他們以為把我困在這裡我就會投降？
真是愚昧啊~
來到這裡之前，我早就困在妖怪的世界裡了。

妳還自以為高人一等？
是的，妳當然是模範了，
因為妳是那群愚昧的妖怪能力可及的，
而我卻是你們永遠也達不到的境界……

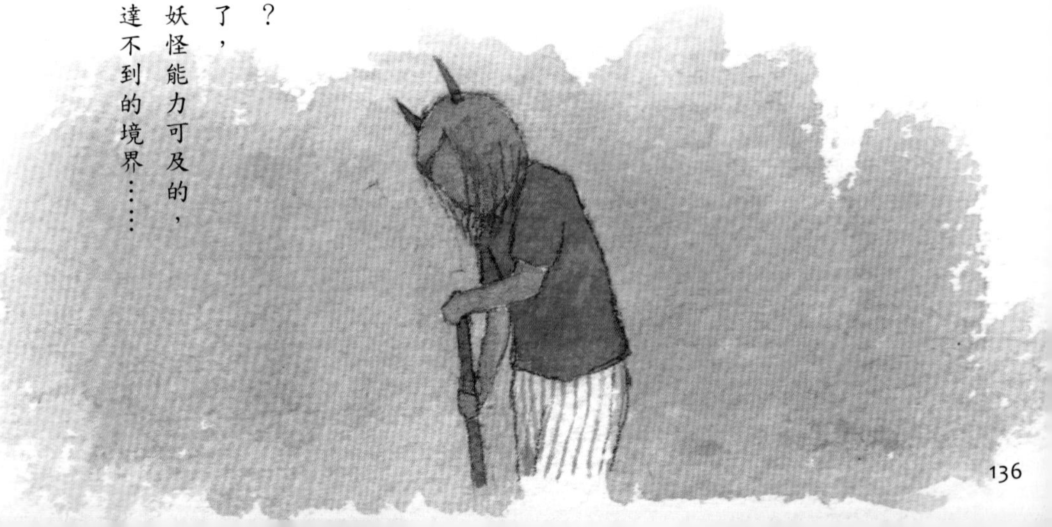

妖怪啊，看看妳頭上那對可笑的角⋯
難道它已蒙蔽了妳的雙眼？
還不快用那無知的嘴向妳面前偉大的人說對不起！

快給我說對不起！
說！

臭妖怪，你給我閉嘴！

就在刻薄鬼又昏倒的同時，
大食怪撞破了病房，
並且弄傷了休假回來的阿桑。

經過調查發現，

是因為大食怪太久沒有吃到烤雞腿。

我也因此被護士長叫去訓斥了一番。

來到這裡，甚麼都不一樣了⋯
這是充滿羞辱的一天。

上一次我被責罵是甚麼時候？
我都不記得了。

但現在我被當成了一個壞蛋，
只因為眼前這一隻滑稽的妖怪

一面玻璃窗有甚麼好看的？
!

臭妖怪，
你們根本不知道待在這樣的房間有多幸福。

我感覺不到這裡能比真正在草地上奔跑幸福。

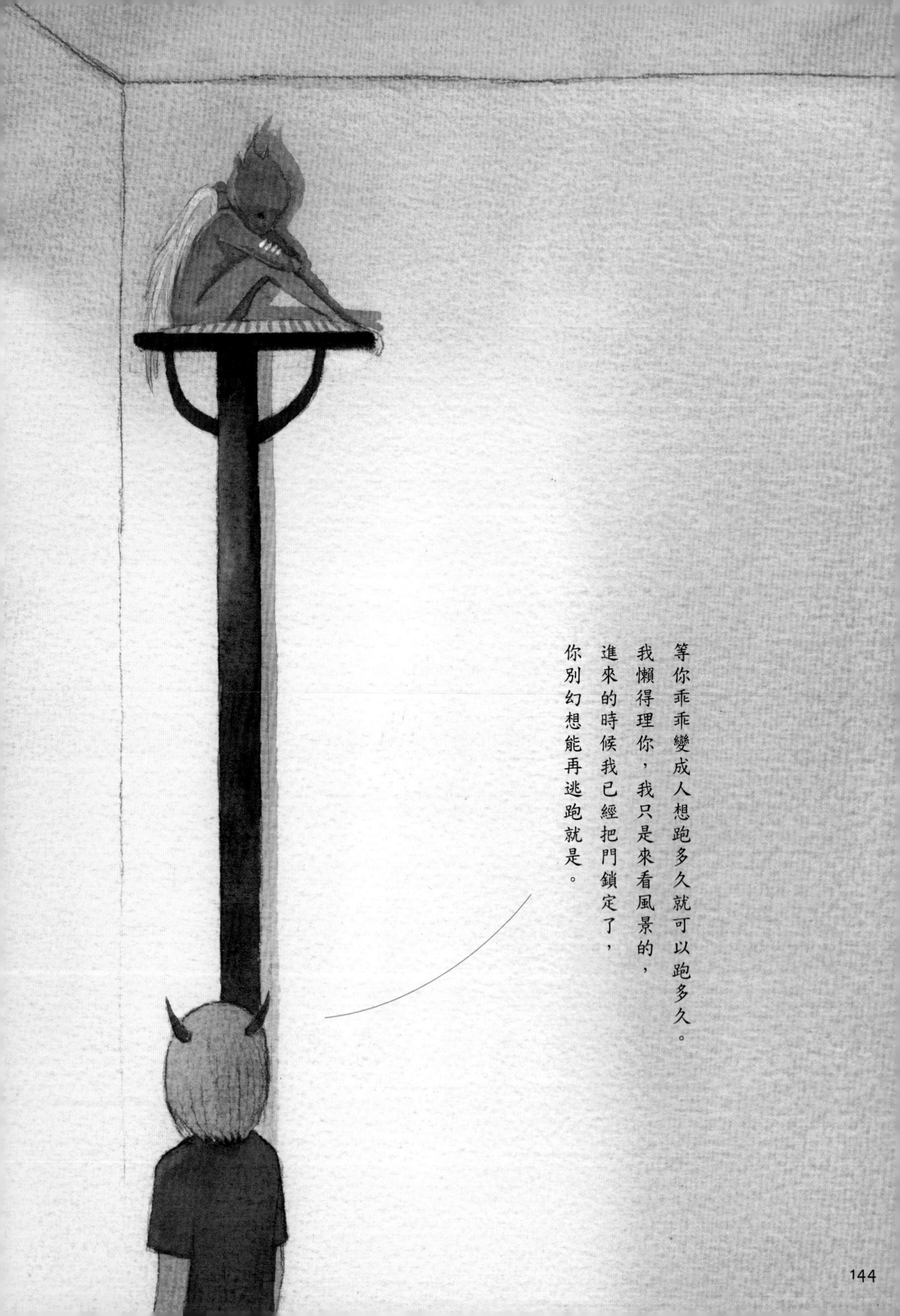
等你乖乖變成人想跑多久就可以跑多久。
我懶得理你，我只是來看風景的，
進來的時候我已經把門鎖定了，
你別幻想能再逃跑就是。

可是我並不想變成人…

當然了，所以你們才會是妖怪。

妳看過我的世界嗎？
妳知道為甚麼我不想要變成人？

我不想知道你們的世界，
我只知道跟你們一起困在這裡讓我恨死了。

是的，妳不應該被困在這裡的。
沒有人有權利把誰困在這裡。
這裡根本沒有人是逃走的……
根本就沒有誰，應該待在誰的世界裡。

不要走，親愛的！

訂正

Chapter 07

人類的童話裡最後失敗的一定是妖怪，
而妖怪的童話裡最可怕的會不會是超人？
這個不重要，因為我是人。

吱吱吱—

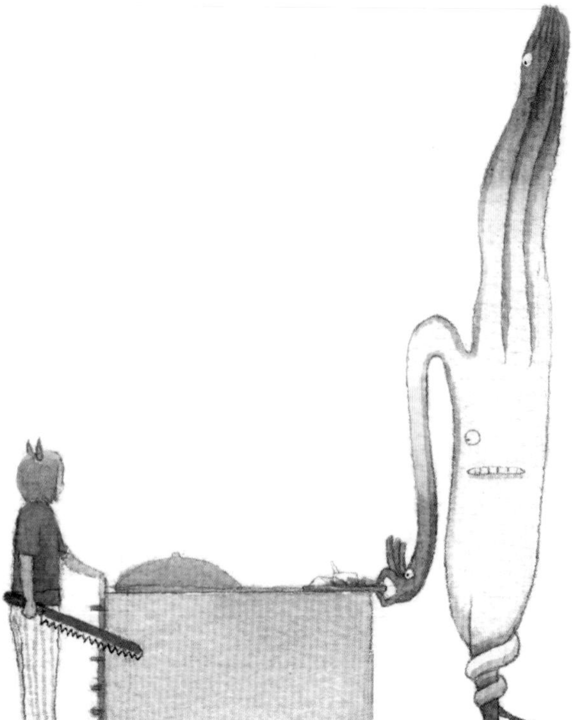

說：如果我再變形，
我就是蠢蛋。

如果我再變形……

雖然大食怪還是發作了，但我相信讓他明白自己是個蠢蛋是必要的。
刻薄鬼說我是他們能力所及？
但就如大嬸婆說的念到博士也可能是個瘋子。
人是不能跟瘋子講道理的。

醫生說他對我的治療持續中，但我仍然沒有復原，
只是如果我不能離開這裡，就必須找到和妖怪共處的方式。
然而不管妖怪如何荒謬，他們已經無法影響我了。

因為我逐漸熟練了如何在這裡生存。
另外，黑暗的城堡裡也終於出現了曙光。

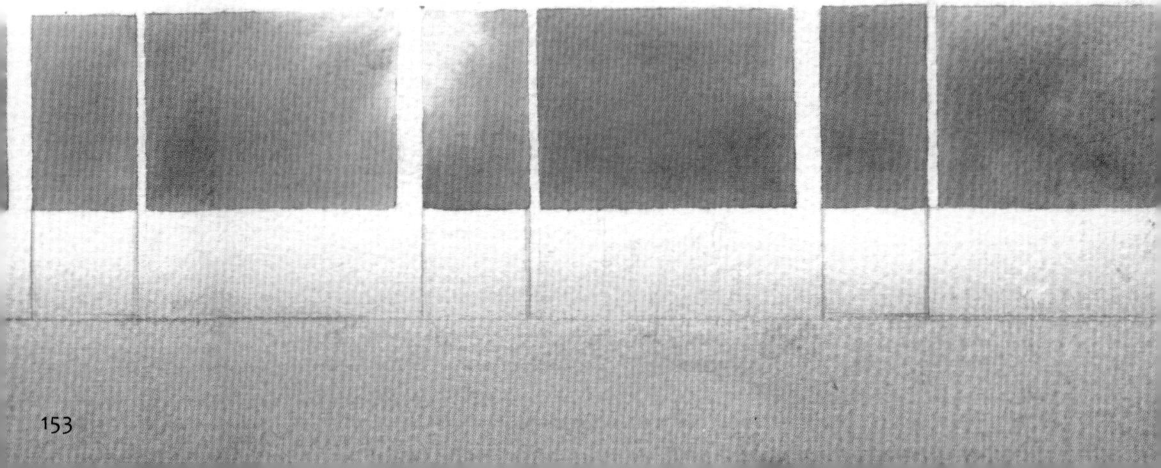

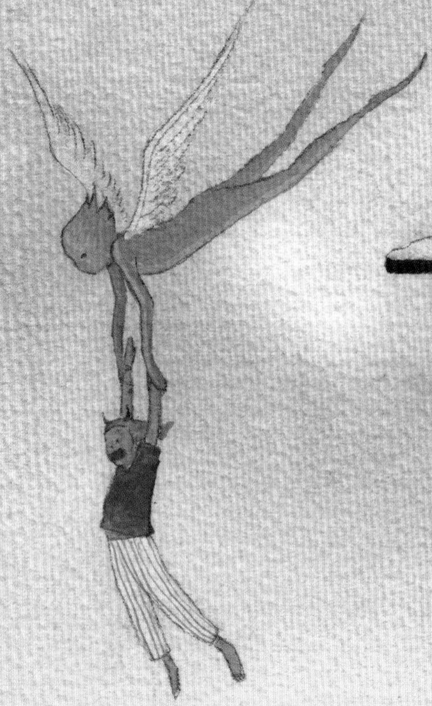

每一天鳥男孩都會告訴我一個故事，
那是關於他的世界。

他說那裡有無數的精靈從泥土從水中出生，
他總是和精靈們在泥巴裡翻滾，
在雨滴的環繞下吶喊狂舞，
有時候他們會鑽進森林裡和樹葉擊掌，
也曾順著彩色橋爬上天空之門和雲相擁。

他說每個精靈都可以飛翔。
都可以輕易的找到一顆神祕的種子。

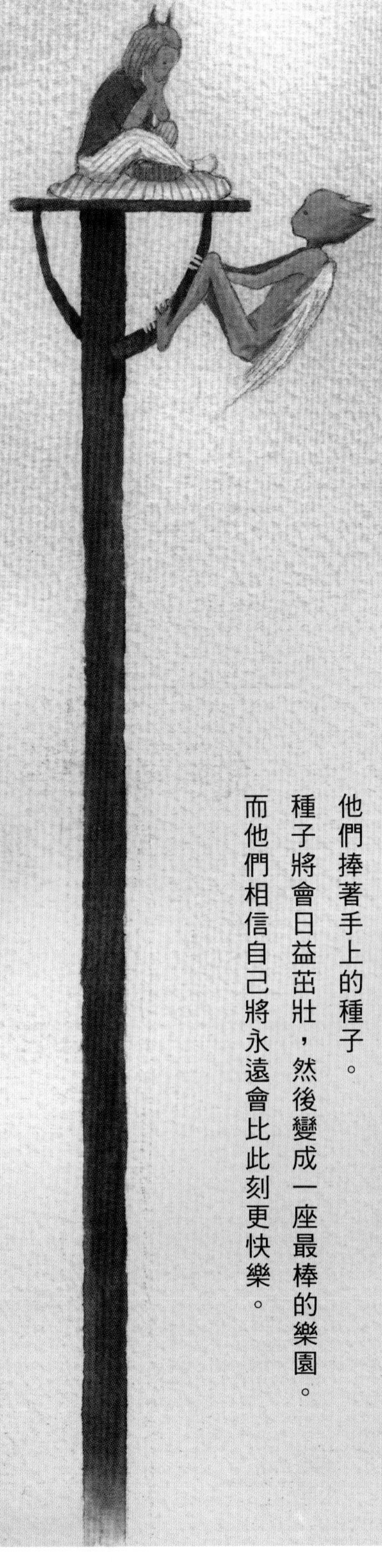

種子浮在空氣中，種子藏在樹洞裡，
它也會漂蕩在湖面上，或者散佈在草叢中。

精靈不懂疲倦，他們永遠面帶微笑。
在風的撫摸下，在雲朵上睡著的時侯，
他們捧著手上的種子。
種子將會日益茁壯，然後變成一座最棒的樂園。
而他們相信自己將永遠會比此刻更快樂。

清晨的朝露，爽朗的陽光，七彩的黃昏，靜謐的藍色夜晚。
一切都在這底下發生。

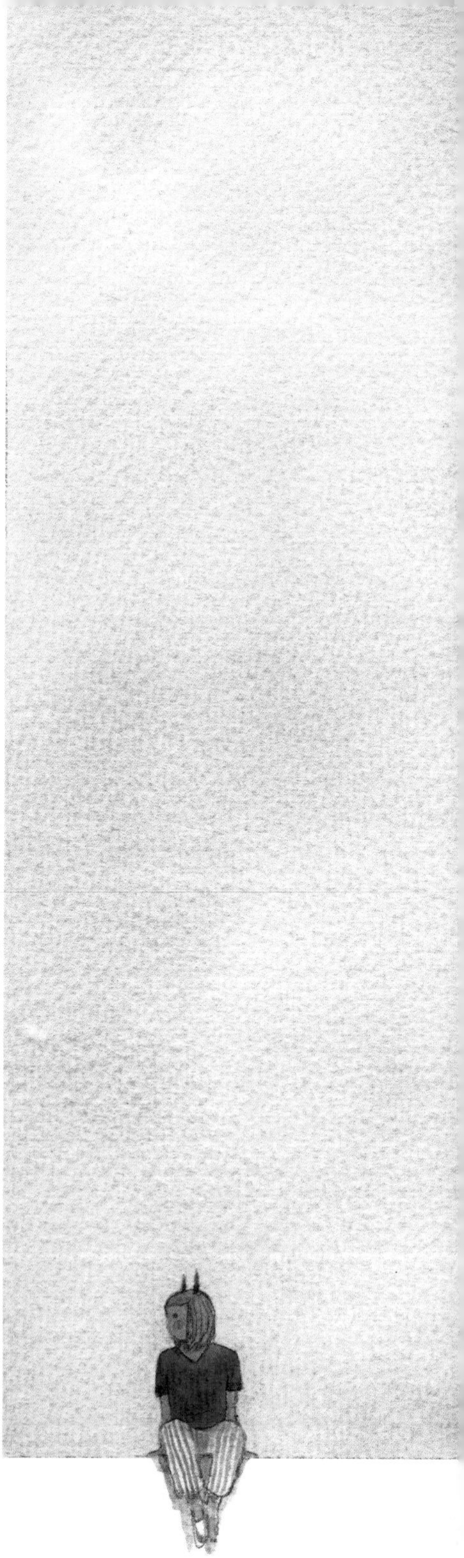

這似乎只是鳥男孩自己的幻想，
但我感覺得到……

有時迷濛間，我會以為他根本不是妖怪。

而事實上，這好像也不是我的錯覺。

叩叩！
請進。

妳唱的是甚麼歌啊？
♫
someday my prince will come~~

白雪公主的歌啊，你不是很博學多聞？

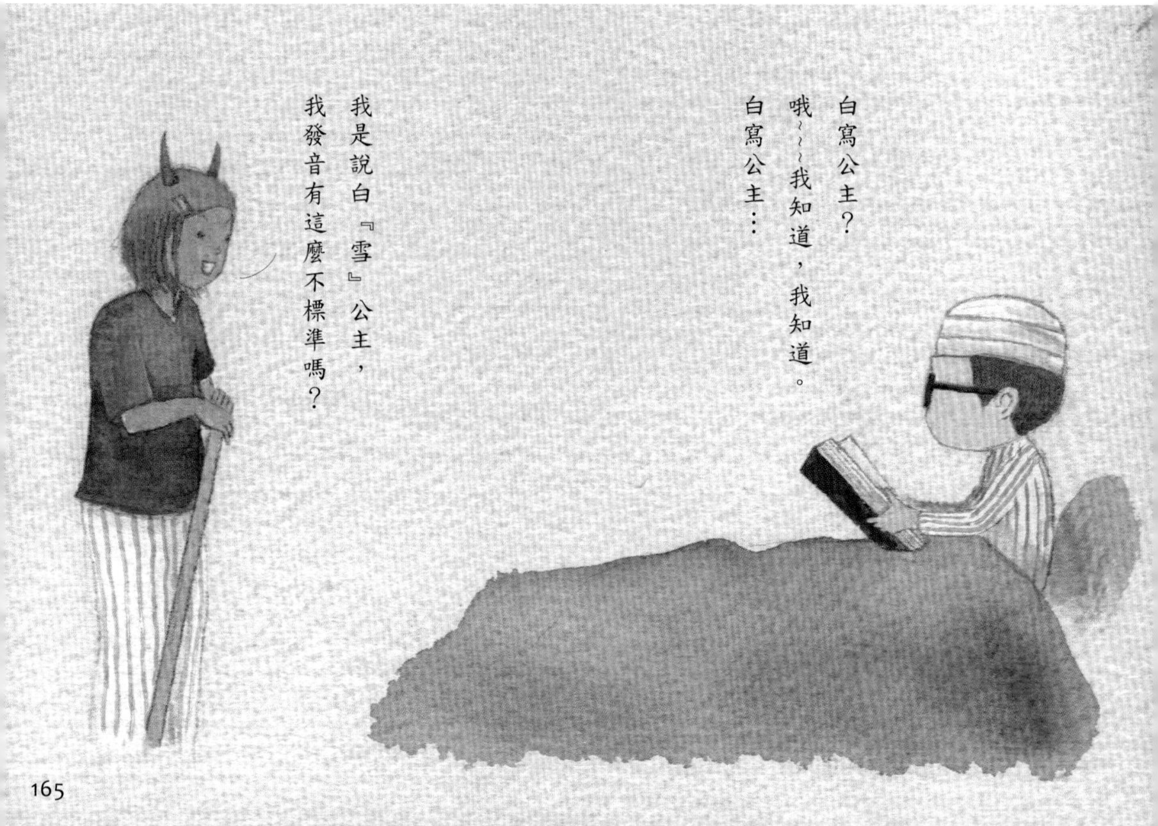
白寫公主？
哦~~~我知道，我知道。
白寫公主…
我是說白『雪』公主，
我發音有這麼不標準嗎？

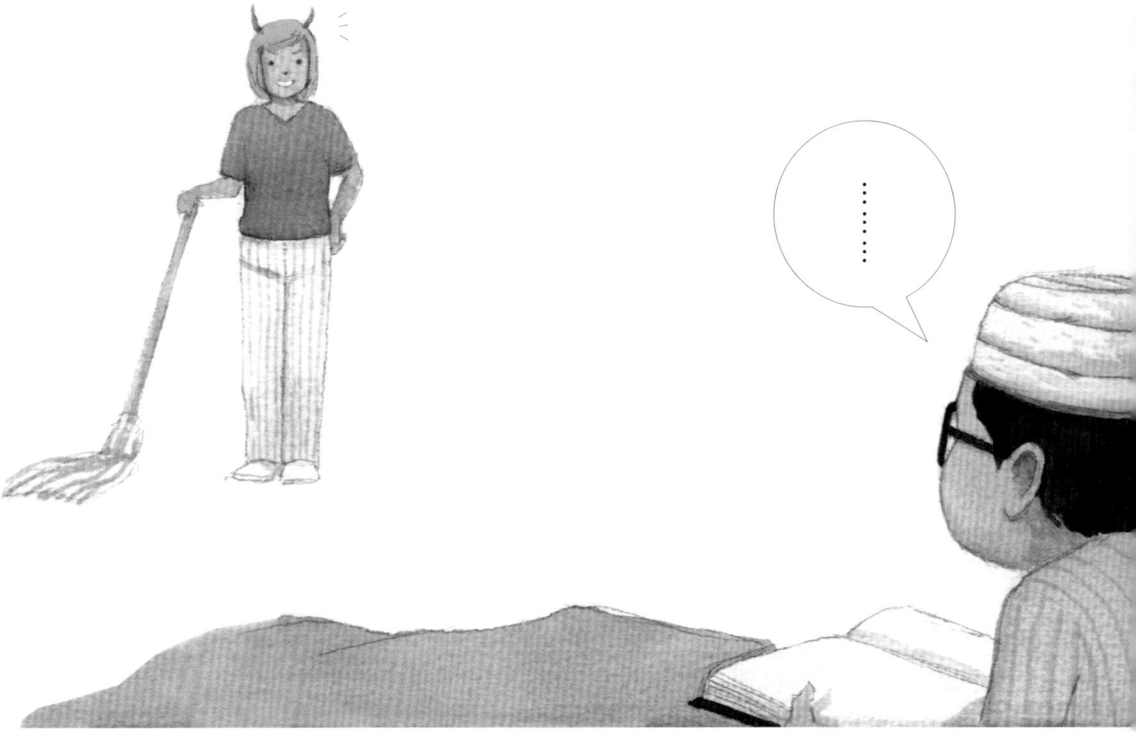
……

……不會吧……
你該不會連白雪公主都沒聽過，
這個沒上小學的人都知道喔。

我五歲的時候就在背英漢辭典，
我爸爸說像我這樣的天才……

你五歲不聽床邊故事？
你知道每個爸媽都為他們的小孩說床邊故事，
你爸爸居然叫你背英漢辭典？

ㄏㄡˊ我知道了，難怪難怪~~
難怪你這麼刻薄⋯
原來你，根本就沒有童年。

訂

正

Chapter 08

妖怪是你的想像？

或者人

才是你對自己的想像？

起來起來！
我剛終於教訓了一個自以為是的傢伙！

然後你知道嗎？當我說原來你根本就沒有童年時，那傢伙瞬間變成了一隻呆鵝……
……
……
……

那表情太好笑。
哈哈哈哈哈！
我終於替天行道了！

好了，我說完了。換你！

……

後來有一頭巨獸探了頭進來，

他告訴精靈最棒的樂園早就存在於某個地方。

他捲起了一陣風，把所有的精靈都帶走。

巨獸捲動的力量很大，移動的速度很快。

他每走一步就有一群依附在上頭的精靈被甩落。

有些精靈的翅膀因此斷了，有些精靈的腳因此瘸了。
他們被丟在一個陌生的地方，
既無法前進，也找不到回去的路。

為了存活下來，他們變成了各種模樣。
他們已經不再是精靈了，雖然心中仍渴望著那個更棒的樂園，
可是哪裡都去不了了。

故事，說完了。

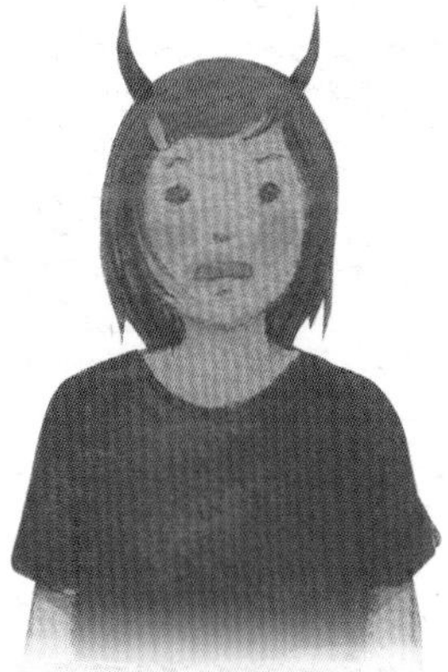

美：結束了？

鳥：嗯，結束了。

美：不對啊！那麼誰來救他們？

鳥：沒有。

美：沒有？那最後豈不是壞人贏了？

鳥：這個故事裡沒有好人跟壞人……

美：有啊，巨獸不就是壞人？

鳥：那巨大的風就是所有精靈的想望所形成，
而巨獸就是由無數精靈堆積出來的。

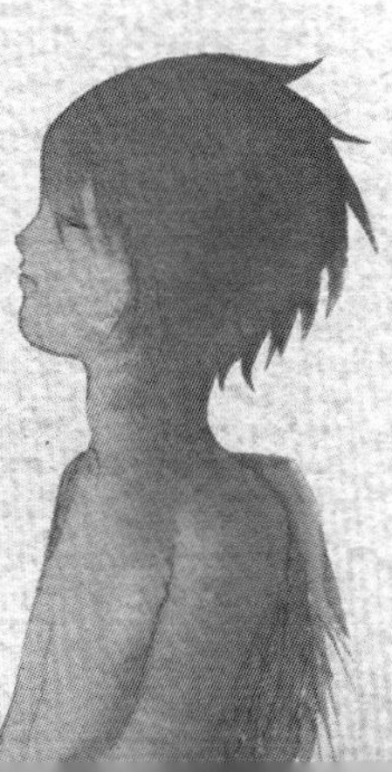

我聽不懂啦，而且我討厭這個結局。
剛剛我才KO了一隻討厭的妖怪，
現在我的心情又被搞壞了！

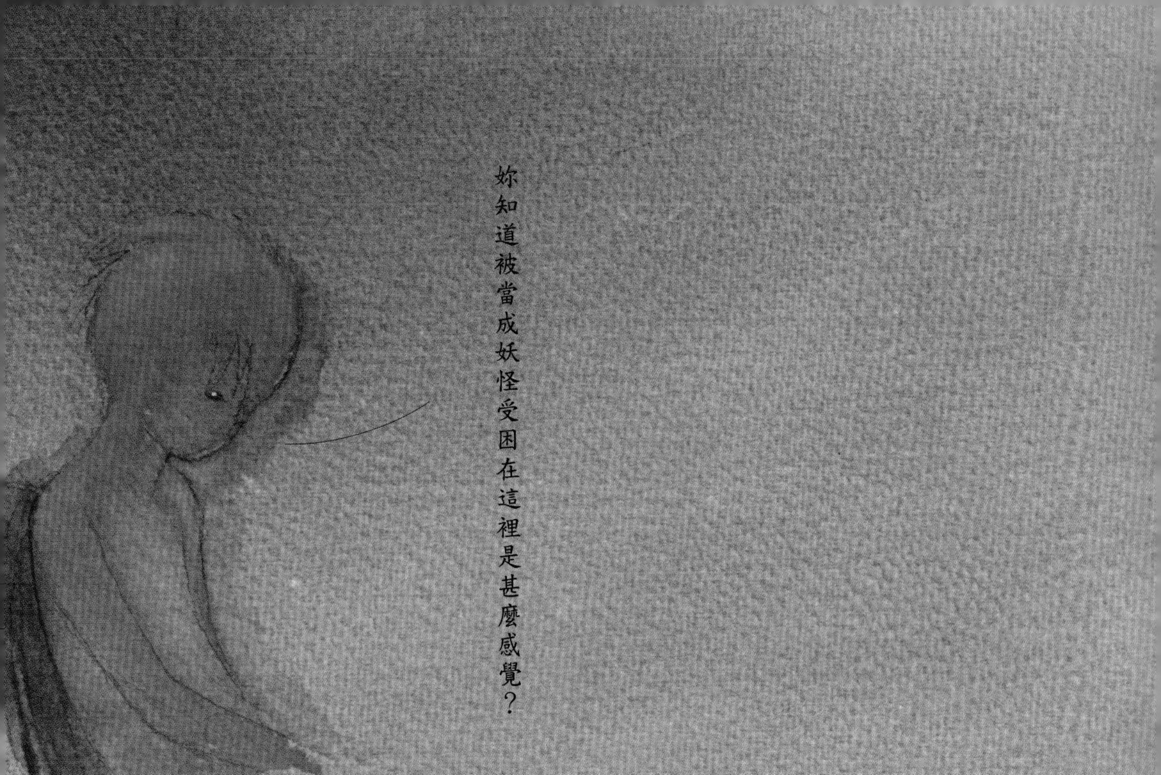
妳知道被當成妖怪受困在這裡是甚麼感覺？

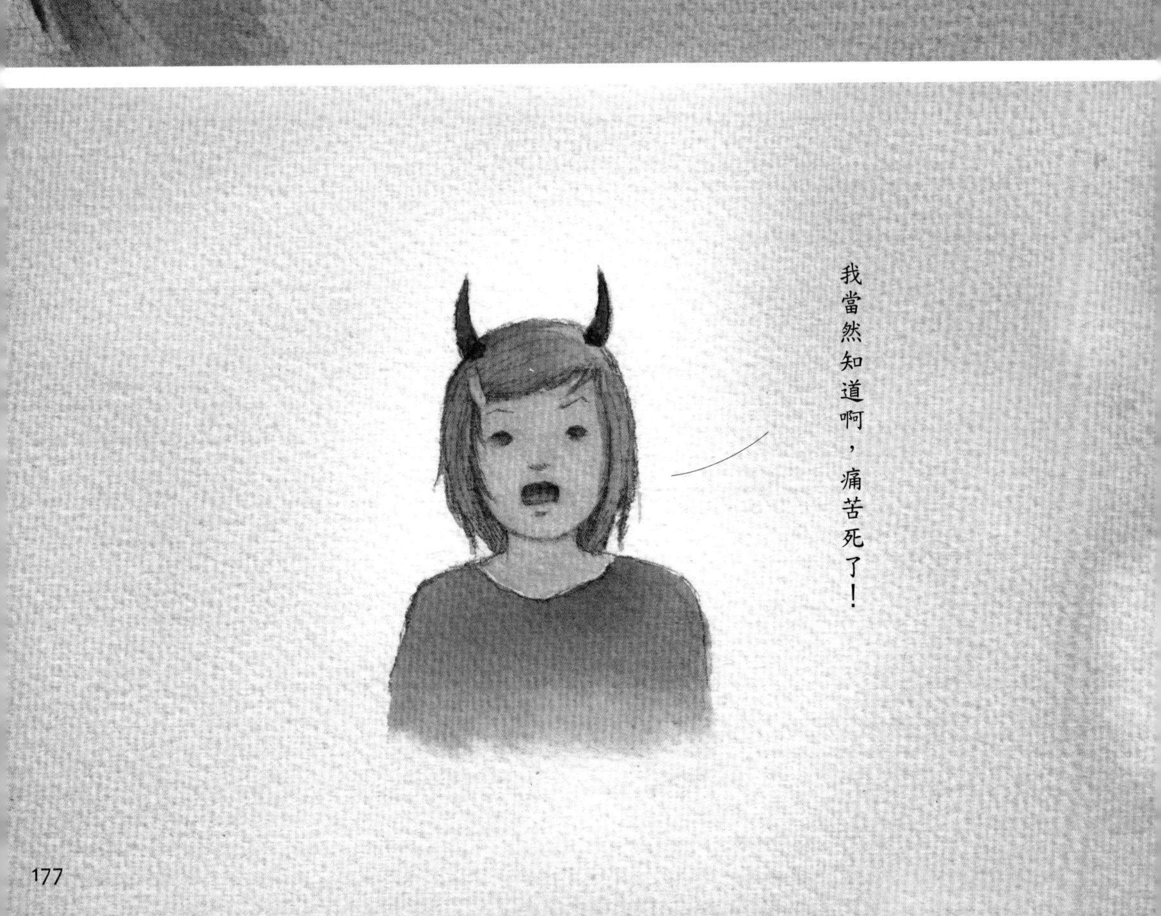
我當然知道啊，痛苦死了！

那妳為甚麼感覺不到別人的？

叩叩

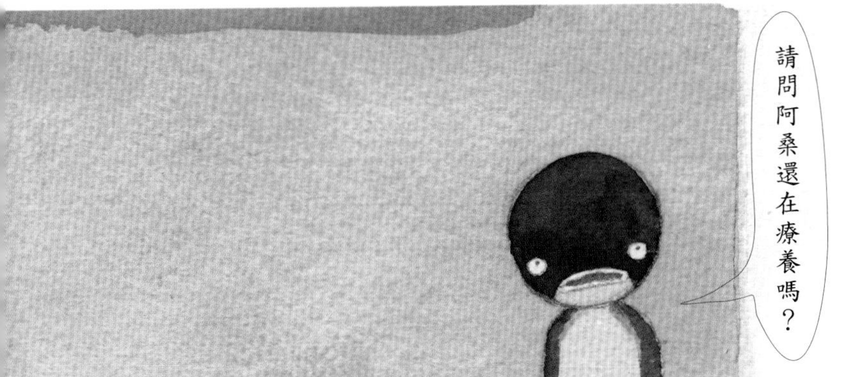
請問阿桑還在療養嗎？

嗯。
今天星期四沒有雞腿喔！

小時候……
小時候只要媽媽來看我，
就會帶一隻烤雞腿給我吃。
可是有一天……
那一天媽媽不見了。

每一次我吃著烤雞腿，
就感覺好像媽媽還在我的旁邊，
可是那個……
很快就消失了……

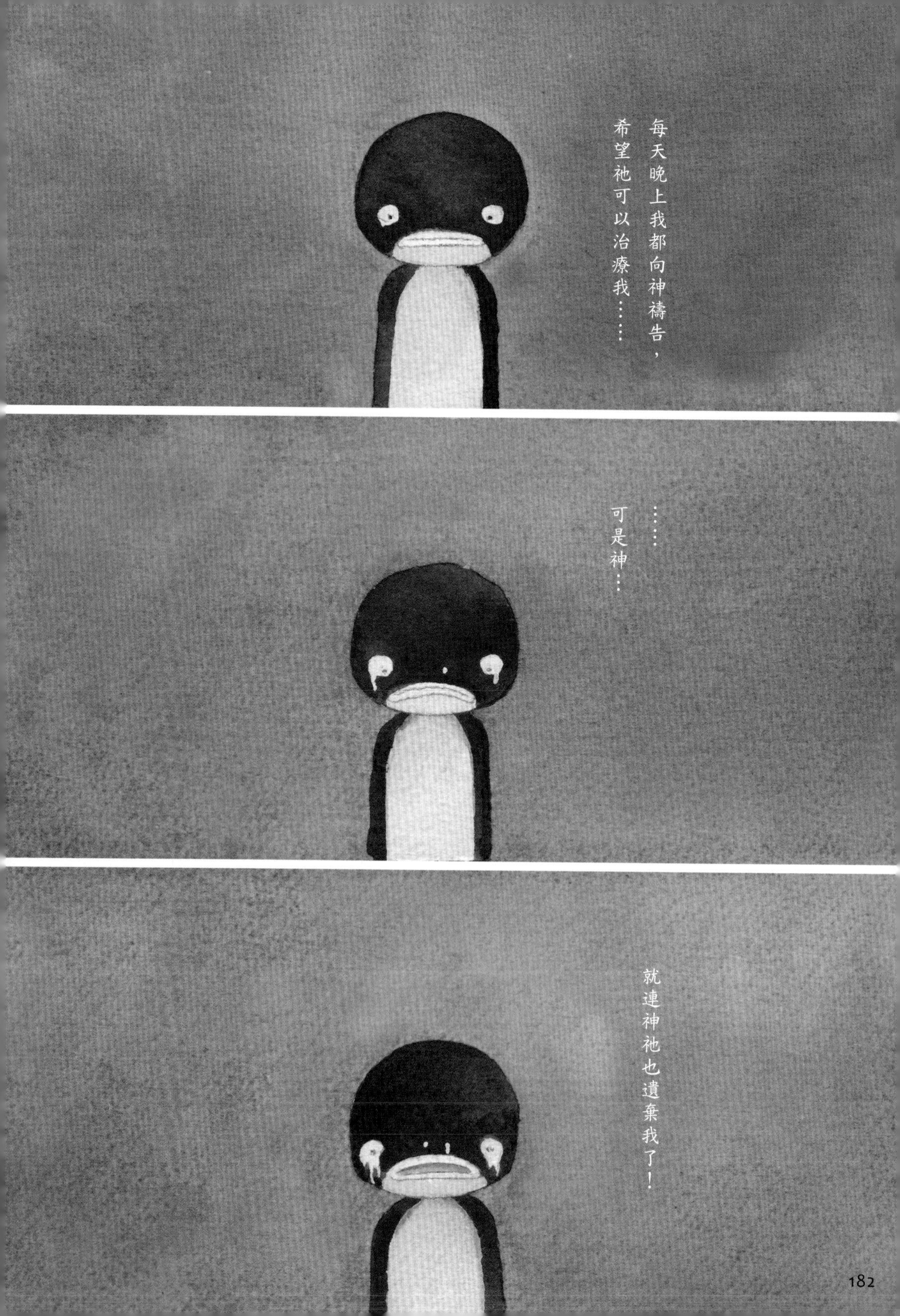
每天晚上我都向神禱告，
希望祂可以治療我……
……
可是神……
就連神祂也遺棄我了！

所以……我求求你們……

不要再給我雞腿了……
我沒有資格。

那一天之後大食怪不管吃了甚麼，只是不停的嘔吐，就連烤雞腿也……

而刻薄鬼的病情也突然惡化，正在加護病房急救。
在他的床底下，我看見一個破舊的玩具⋯⋯

你未經我的許可侵入私人空間，
說對不起！

突然間我發現，
醫院裡就連一面鏡子也沒有…

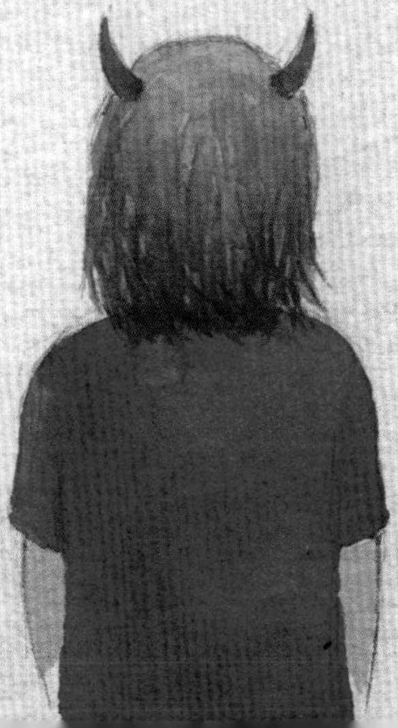

小美，快來幫忙！出事了。
快一點！

小美，妳去哪裡啊？我擔心死了！
你看啦，咕米變成這樣了！嗚……

咕米，大嬸婆在這裡。你乖，你聽話啊！
嗚……怎麼會這樣啊！嗚……

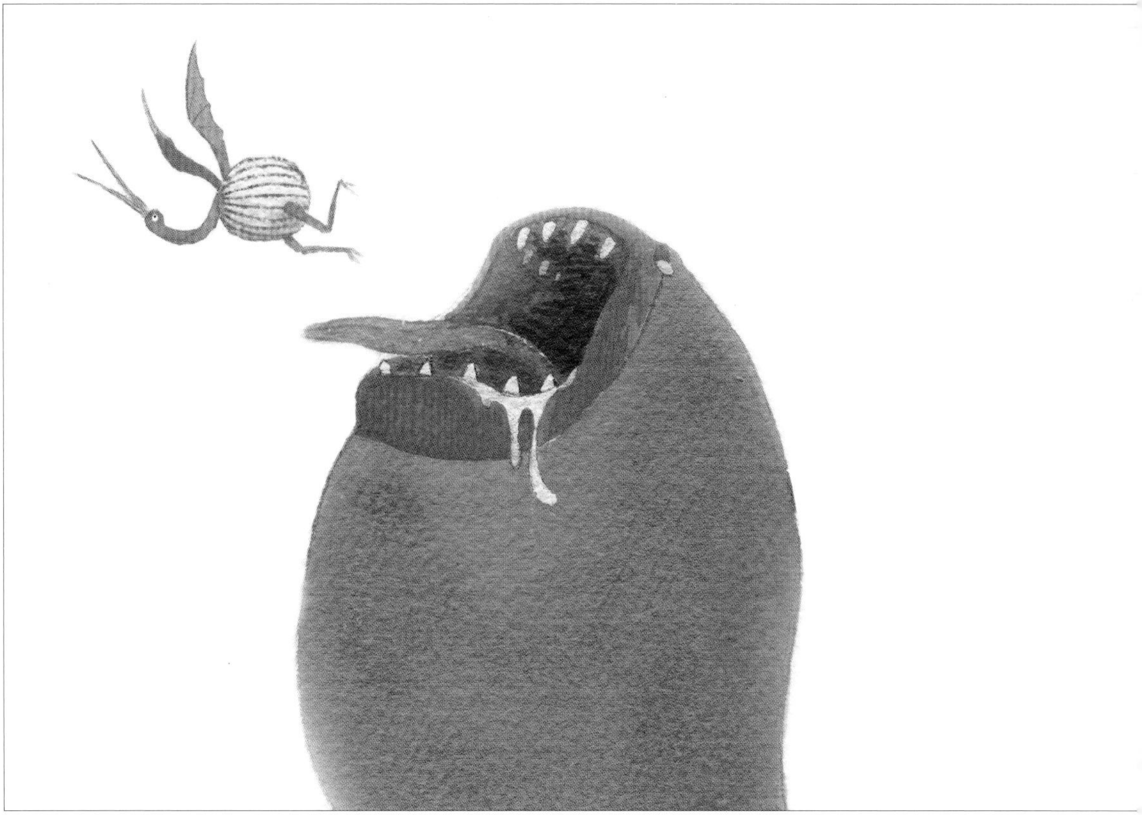

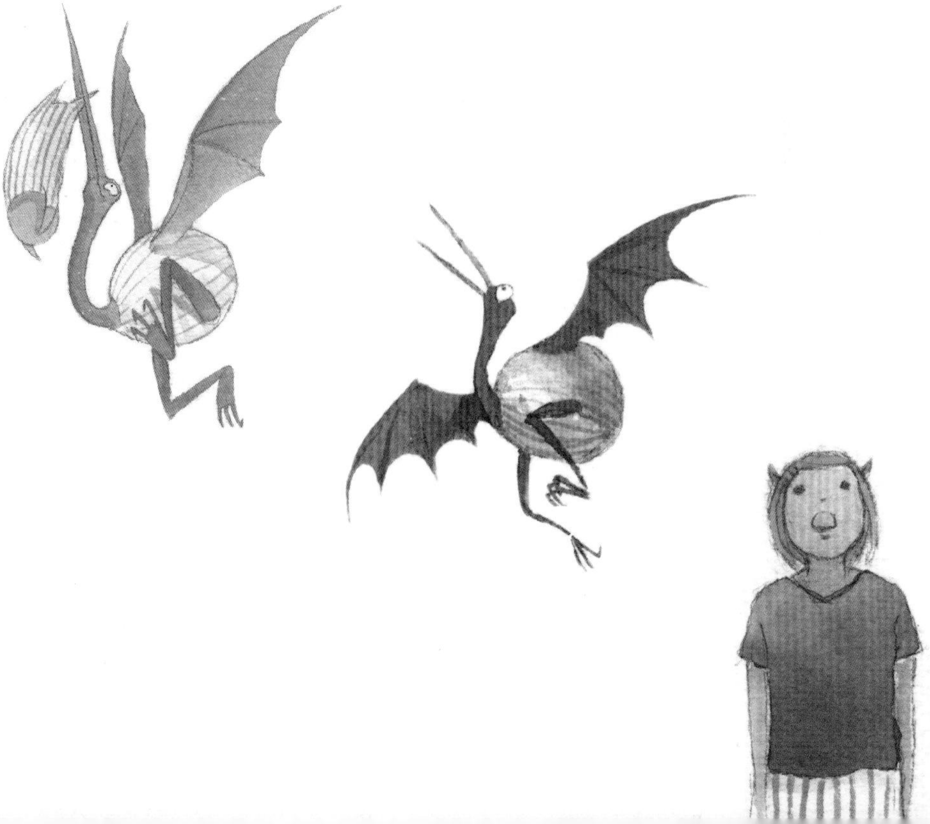

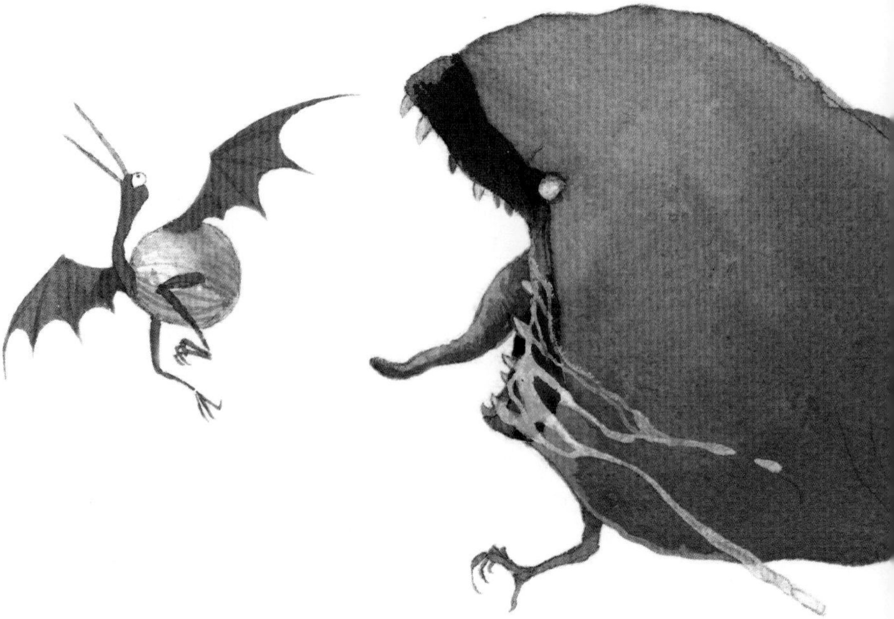

25043趕快停止你的動作，
否則我們要開槍了。
現在我們倒數開始 5⋯⋯

4……

哇…不要啊！咕米你聽話啊！咕米…

3……

走開！你不要跟著我！
我不會幫你，我也不想幫你！
我跟大嬸婆不一樣！
我跟你們都不一樣！

沒有人依賴就活不下去嗎？
你的一切難道都是我的責任？
你以為大家都有義務同情你？
不都是你自己造成的！

告訴你，我才不會同情你！
這世界沒有妖怪只會變得更好！
你只會為別人帶來麻煩，
你的存在永遠都是這個世界的負擔！

2

1

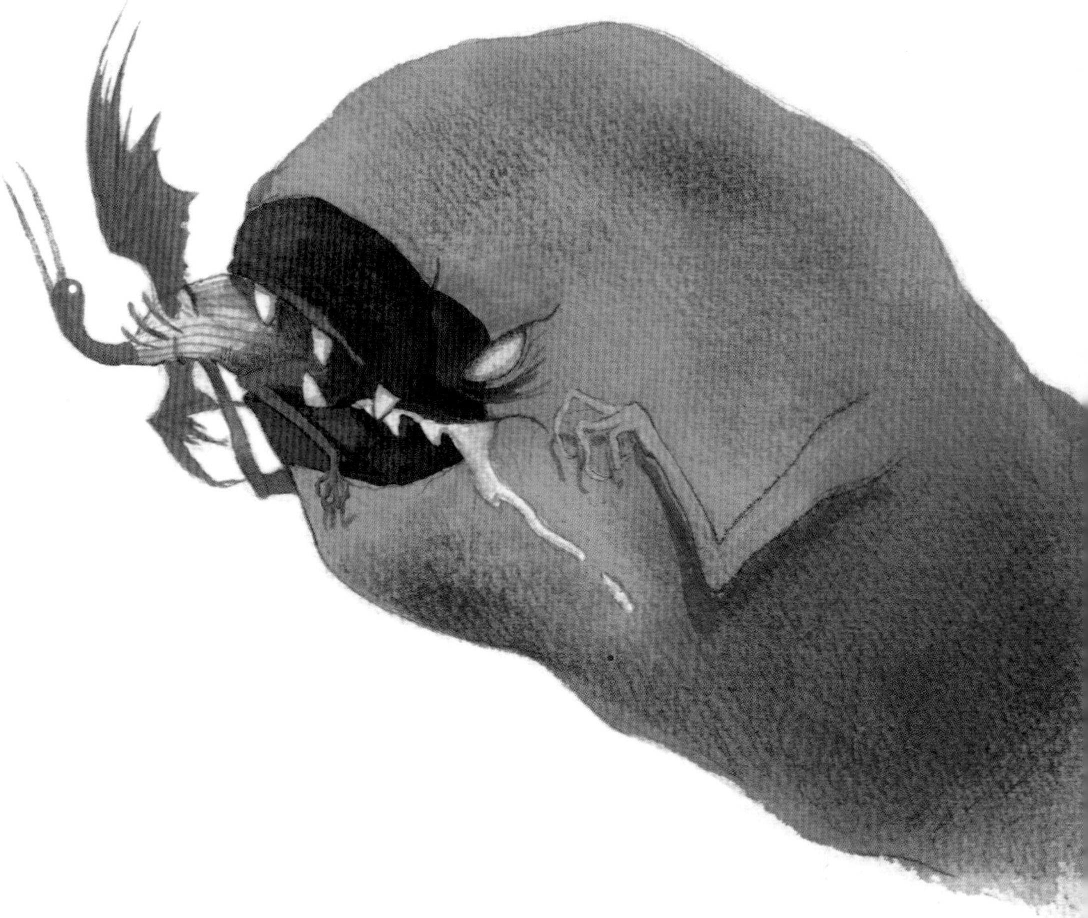

砰！

槍響的那一刻，地上有一面鏡子。
鏡子裡，有一隻妖怪。

訂正

Chapter 09

妖怪來了，醫院毀了。

也許每個人的內心都藏著一隻妖怪，

那麼妖怪的內心又藏著甚麼？

幸好，
大叔們只槍擊了咕米的手腳，
並沒有危及到他的生命。

但我來不及混亂，
因為最大的混亂，
好像也是可以預期的混亂，終於發生了。

不好啦！
醫生變成妖怪啦！

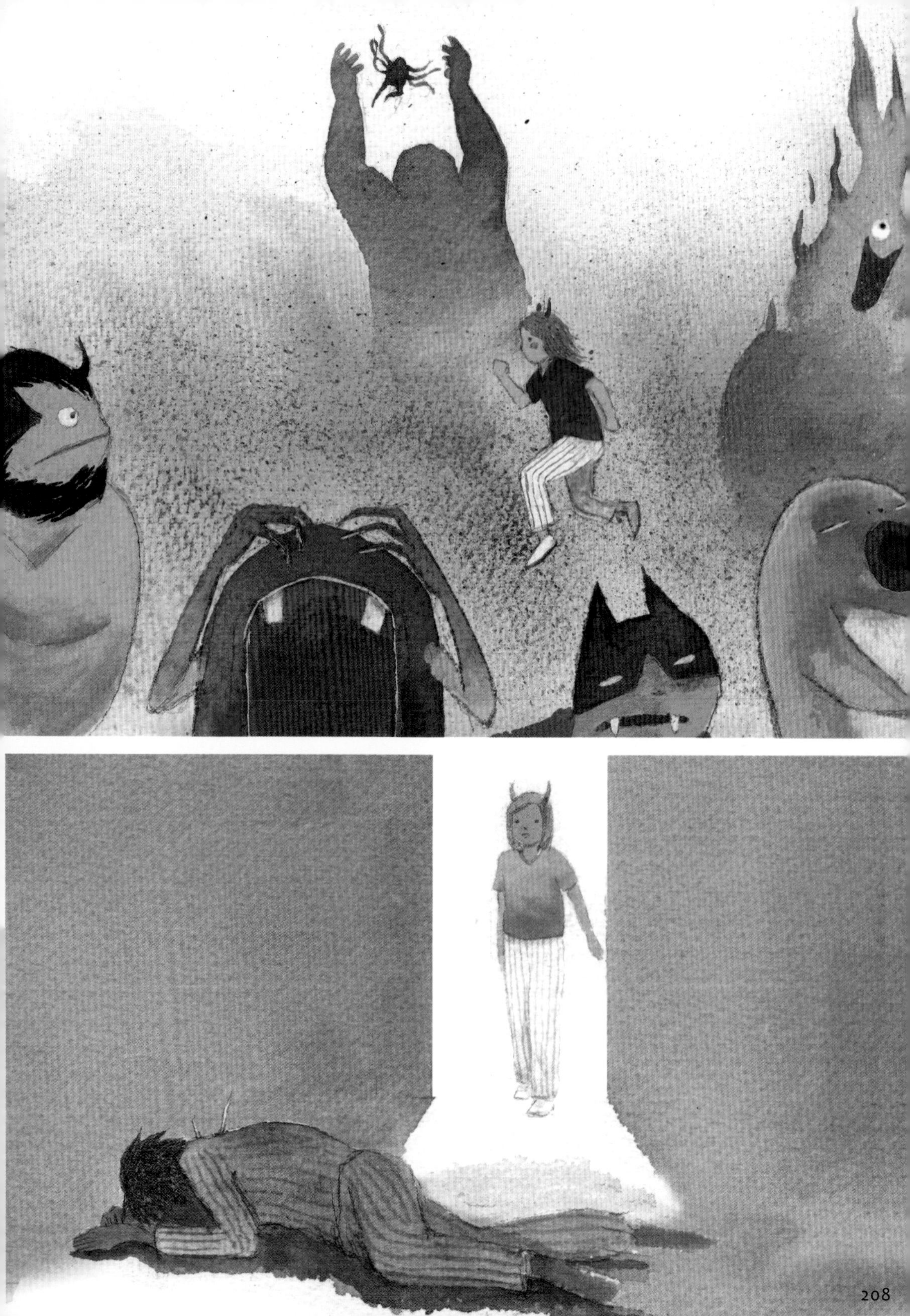

身為一個男人……

看見這種男子漢的義氣，
豈有不出手相助的道理？

天台往這邊！

看來只有靠我這強壯的肩膀了⋯

哐啷！
嗶！

終於，妖怪醫療中心暫停了運作……
HUMAN BEING

每個人心中都躲藏著一隻妖怪

在醫院修復前，所謂的妖怪又再次散落回人的世界裡。
醫生曾說任何人都可能生病。這次我相信了。

那晚史尼奇說他要做個義賊。我想治療應該有了效果，但不知中斷了之後會變成怎樣？
髒無忌也說了真心話，他說在節能減碳以及崇尚自然的趨勢下，也許哪天大家會知道，他就是『樂活』。
咕米和被攻擊的尖嘴鳥已經轉到了一般的醫院，目前正在康復中。
至於大嬸婆跟沙豬伯我都沒有再見過。說真的我常常想起他們，總覺得他們好像就在我生活的四週。

這陣子一有空我就溜去鳥男孩的世界，可以確定今年我是拿不到模範生了。

可是王子有沒有因為感恩，而決定跟公主在一起？
昨天我跟鳥男孩告白了…結果他聽了之後，噗通一聲就飛走了。
唉，我怎麼會忘了，他根本就是隻愛好自由的妖怪。
難怪電視上的阿姨總說……這就是男人！

離開了醫院，偶爾我會仔細的看看身邊的人，我想起刻薄鬼說的：人只是妖怪的想像。
真是因為這樣，所以甚麼叫做『人』，那個標準才會永遠都在變？
而醫生說妖怪只是生了病的人，但他沒說離開醫院的人們，真的從此免疫了嗎？

也許所謂的妖怪都曾堅信自己是個人，也許人的心裡也都明白，自己的身體裡其實躲藏著妖怪。
然而缺乏感同身受的能力是最可怕，即便你覆蓋著人的模樣。
這是我在醫院所得到的。

現在我又回到學校了，但我復原了嗎？我只能說我不再是原來的那個林小美了。

每個人的心中都有一隻渴望的雞腿，是那一隻雞腿讓我們變成了妖怪。
不管是醫院裡的病患，不管外頭行走的人們，我和你是一樣的，

我們都是一樣的。

國家圖書館出版品預行編目資料

妖怪模範生／恩佐著.
——初版——臺北市：大田，民100.08
面；公分.——（視覺系；29）

ISBN 978-986-179-220-0（平裝）

857.7 100012540

視覺系 029

妖怪模範生

恩佐◎著

出版者：大田出版有限公司
台北市106羅斯福路二段95號4樓之3
E-mail：titan3@ms22.hinet.net http：//www.titan3.com.tw
編輯部專線：（02）23696315 傳真：（02）23691275
【如果您對本書或本出版公司有任何意見，歡迎來電】
行政院新聞局版台業字第397號
法律顧問：甘龍強律師

總編輯：莊培園
主編：蔡鳳儀 編輯：蔡曉玲
企劃行銷：黃冠寧 網路行銷：陳詩韻
內頁視覺構成：商小泥／恩佐
校對：蔡曉玲／恩佐
承製：知己圖書股份有限公司 電話：(04)23581803
初版：二〇一一年（民100）八月三十日 定價：300元
總經銷：知己圖書股份有限公司 郵政劃撥：15060393
（台北公司）台北市106羅斯福路二段95號4樓之3
電話：（02）23672044/23672047 傳真：（02）23635741
（台中公司）台中市407工業30路1號
電話：（04）23595819 傳真：（04）23595493
國際書碼：978-986-179-220-0 CIP：857.7/100012540

廣　告　回　郵
北區郵政管理局登記證北台字1764號
免　貼　郵　票

From：地址：

姓名：

To：**大田出版有限公司　編輯部收**

地址：台北市 106 羅斯福路二段 95 號 4 樓之 3

電話：(02) 23696315-6　傳真：(02) 23691275

E-mail：titan3@ms22.hinet.net

請沿虛線剪下，對摺裝訂寄回，謝謝！

大田精美小禮物等著你！

只要在回函卡背面留下正確的姓名、E-mail和聯絡地址，
並寄回大田出版社，
你有機會得到大田精美的小禮物！
得獎名單每雙月10日，
將公布於大田出版「編輯病」部落格，
請密切注意！

大田編輯病部落格：http://titan3.pixnet.net/blog/

智　慧　與　美　麗　的　許　諾　之　地

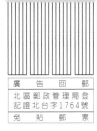

＊請沿虛線剪下，對摺裝訂寄回，謝謝！

閱讀是享樂的原貌，閱讀是隨時隨地可以展開的精神冒險。
因爲你發現了這本書，所以你閱讀了。我們相信你，肯定有許多想法、感受！

讀 者 回 函

你可能是各種年齡、各種職業、各種學校、各種收入的代表，
這些社會身分雖然不重要，但是，我們希望在下一本書中也能找到你。
名字／＿＿＿＿＿＿性別 ／□女 □男　出生／＿＿ 年＿＿ 月＿＿ 日
教育程度／＿＿＿＿＿＿＿＿
職業：□ 學生 □ 教師 □ 內勤職員 □ 家庭主婦
□ SOHO族 □ 企業主管 □ 服務業 □ 製造業
□ 醫藥護理 □ 軍警 □ 資訊業 □ 銷售業務
□ 其他＿＿＿＿＿＿＿＿＿
E-mail／＿＿＿＿＿＿＿＿＿＿ 電話／
聯絡地址：＿＿＿＿＿＿＿＿＿＿
你如何發現這本書的？　書名：妖怪模範生
□書店閒逛時＿＿＿＿書店 □不小心在網路書站看到（哪一家網路書店？）＿＿＿＿
□朋友的男朋友（女朋友）灑狗血推薦 □大田電子報或網站
□部落格版主推薦＿＿＿＿＿＿＿＿
□其他各種可能，是編輯沒想到的＿＿＿＿＿＿＿＿
你或許常常愛上新的咖啡廣告、新的偶像明星、新的衣服、新的香水……
但是，你怎麼愛上一本新書的？
□我覺得還滿便宜的啦！ □我被內容感動 □我對本書作者的作品有蒐集癖
□我最喜歡有贈品的書 □老實講「貴出版社」的整體包裝還滿合我意的 □以上皆非
□可能還有其他說法，請告訴我們你的說法
＿＿＿＿＿＿＿＿＿＿＿＿＿＿＿＿
你一定有不同凡響的閱讀嗜好，請告訴我們：
□ 哲學 □ 心理學 □ 宗教 □ 自然生態 □ 流行趨勢 □ 醫療保健
□ 財經企管 □ 史地 □ 傳記 □ 文學 □ 散文 □ 原住民
□ 小說 □ 親子叢書 □ 休閒旅遊 □ 其他＿＿＿＿＿＿＿＿

一切的對談，都希望能夠彼此了解，
非常希望你願意將任何意見告訴我們：

大田出版有限公司編輯部 感謝您！